KB264191

피네 슈타우트
오래 기다리셨죠?
맛있을지는
모르겠네요……"

애쉬 레벤
"제가 피네 양과
같이 싸우도록 하죠."

"아까부터 팬티가
슬쩍슬쩍 시야에
들어오고 있어……."

"왜 그걸
지금 말해요?!"

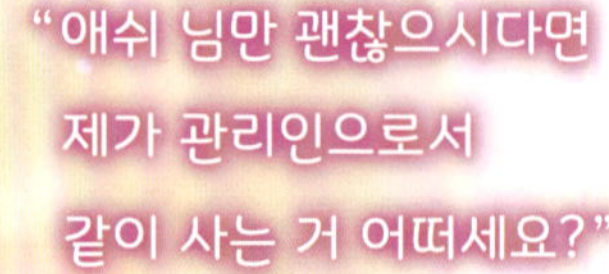
"애쉬 님만 괜찮으시다면
제가 관리인으로서
같이 사는 거 어떠세요?"
……뭐?
"으음, 그러니까,
진심으로 하는 소리야?"
"네. 아,
역시 민폐겠죠……?"

뒷골목에서 주운 소녀가 배드 엔딩 후 여성향 게임의 히로인이었던 건

1

카보챠마스크 지음 / 헤이로 일러스트 / 김진희 옮김

소미미디어

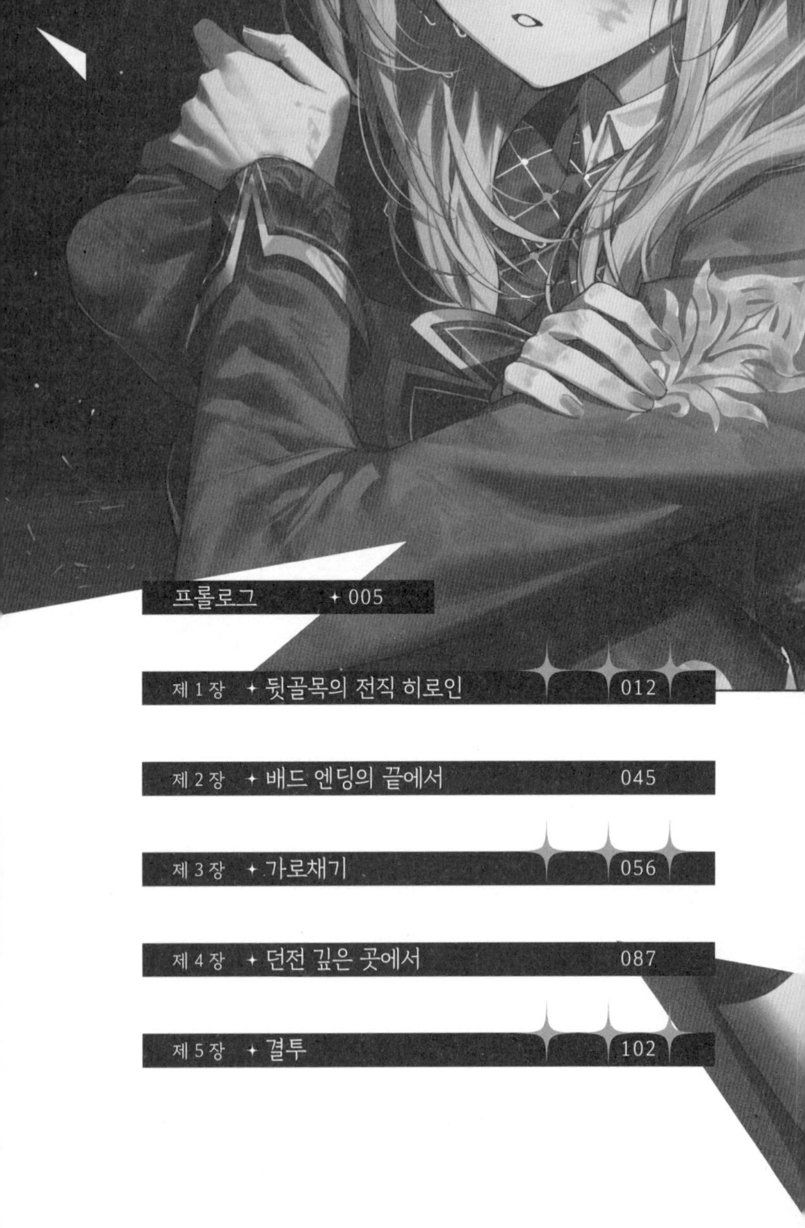

프롤로그 ✦ 005

제1장 ✦ 뒷골목의 전직 히로인 012

제2장 ✦ 배드 엔딩의 끝에서 045

제3장 ✦ 가로채기 056

제4장 ✦ 던전 깊은 곳에서 087

제5장 ✦ 결투 102

CONTENTS

제 6 장 ✦ 새로운 루트의 시작   132

제 7 장 ✦ 새로운 생활   147

제 8 장 ✦ 종합실력시험   181

제 9 장 ✦ 안식일   214

제 10 장 ✦ 표창식과 제재   231

제 11 장 ✦ 기습과 엄습   258

에필로그 ✦ 277

"으아, 비잖아."

"기숙사의 마도 기상 예측 장치에서는 흐릴 거라고만 했잖아. 최악이야."

왕립 마법 학교 건물 입구 앞, 수업이라는 이름의 긴 구속에서 해방된 학생들은 비에 발이 묶인 채 저마다 투덜거리고 있었다.

"애쉬, 넌 어떻게 할 거야?"

"난 접이식 우산 가져왔어."

"진짜? 나도 같이 쓰고 가자."

"미안하지만 1인용이야. 포기해."

나는 친구의 부탁을 거절하고 우산을 꺼내 펼쳤다. 그리고 등에 꽂히는 원망스러운 시선을 무시한 채, 곳곳에 물웅덩이가 생긴 길을 걸으며 기숙사 쪽으로 향했다.

학교 기숙사는 학교와 가까운 곳에 있지만, 그래도 얼마쯤은 시가지를 지나야 한다.

'이런 날씨에는 포장마차나 노점상도 나오지 않겠지.'

느긋하게 그런 잡생각을 하면서, 최근 발견한 지름길 골목으로 들어가려던 순간.

"으악?!"

“…….”

골목 저 끝, 어둠 속에서 쓰레기 더미에 덮어 놓은 천이 갑자기 움직이더니 두 개의 빛이 이쪽을 향했다.

그 바람에 나도 모르게 비명을 지르며 뒷걸음질을 쳤다. 우연히 거리를 벌린 덕분에 그게 쓰레기 더미가 아니라 후드가 달린 옷 위에 허름한 로브를 걸친 소녀였음을 알아챘다.

'가만? 이거, 우리 학교 교복인데?'

누더기 같은 너절한 후드를 입고 있어서 몰랐는데, 수도에서도 유명한 패션 디자이너가 디자인하고 소재에도 신경 썼다는 왕립 마법 학교의, 그것도 소매에 금박 장식을 넣은 고급 귀족 학급의 교복이다.

언뜻 봐서는 나와 동년배인 것 같은데, 아무래도 학교에서 괴롭힘을 받은 모양이었다.

귀족, 그중에서도 특히 상류층 녀석들은 곧잘 누군가를 괴롭힌다.

아랫사람을 시켜 적대 가문이나 신흥 가문을 괴롭히다가, 들키면 자신의 파벌 중에서 가장 약한 위치에 있는 사람을 이용해서 꼬리를 자른다.

귀족 자제들의 입학이 의무화되어 있는 폐쇄적인 왕립 마법 학교에서—— 아니, 이건 어디서든 일어날 수 있는 이야기이다.

“…….”

그토록 흔한 일이건만, 나는 후드 사이로 보이는 그 여학생의, 세상에 절망하고 빛을 잃은 눈이 묘하게 마음에 걸려 자리를 떠나지 못했다.

"이봐, 이런 곳에 있으면 감기 걸려."

나는 괜히 참견하면 귀찮은 일에 휘말릴 것을 알면서도 그 여학생에게 자연스럽게 말을 걸고 말았다.

"——상관 마세요. 전 좋아서 여기 있는 거예요."

여학생은 물을 흡수해 무겁고 불쾌할 후드를 만지작거리면서 생기 없는 눈으로 나를 흘끗 보았다.

말이며 태도며, 그녀는 타인의 간섭을 철저하게 거부하는 중이었다.

하지만 그런 얼굴로 "좋아서 여기 있다"라고 말한들 그 말을 곧이곧대로 믿는 사람이 어디 있겠는가.

나는 물에 빠진 생쥐 꼴이 된 소녀를 이런 곳에 혼자 버려둘 정도로 매정하지 못하다.

그러나 설득한다고 이곳에서 이동할 것 같지도 않다.

어쩔 수 없지.

"자 이거 줄게. 안 돌려줘도 되니까, 갈 때 꼭 쓰고 가."

나는 가지고 있던 우산과 교복 상의를 여학생에게 억지로 건네고 기숙사를 향해 달렸다.

뒤에서 여학생이 뭐라고 소리쳤지만, 한층 거세진 빗소리에 묻혀 들리지 않았다.

상대는 상급 귀족반의 학생. 하급 귀족반 소속인 나와 다시 말을 섞을 일은 없을 것이다.

서둘러 하급 귀족반이 묵는 기숙사로 돌아왔을 때는 온몸이 흠뻑 젖어 있었다.

일단 내 방으로 가서 감기에 걸리지 않도록 낡아빠진 자동 마법 세탁 건조기에 교복을 집어넣고 편한 옷으로 갈아입은 뒤, 이어서 마법 샤워를 했다.

처음 전생했을 때는 중세 유럽풍의 세계에 적응할 수 있을지 막막했는데, 마법 덕분에 현대 일본과 별반 다르지 않게 살고 있다. 정말 행운이다.

그렇게 할 일을 모두 마치고 나자 갑자기 피로가 몰려와 나는 그대로 침대에 쓰러진 채 졸음을 이기지 못하고 숙면에 빠졌다.

《인연의 마법과 성스러운 야회(夜會)》, 통칭 《인연야회》라 불리는 여성향 게임이 있다.

이 게임은 평민 신분임에도 특수한 마법을 부릴 줄 아는 '피네 슈타우트'가 왕족과 귀족만 입학할 수 있는 왕립 마법 학교에 특례 입학하여, 네 명의 공략 대상과 교류하는 이야기이다. 피네 슈타우트는 던전을 공략해서 레벨을 올리고, '빛의 성녀'로 각성하여 봉인에서 풀려난 마왕을 쓰러뜨리고 세계를 구한 뒤, 네 명의 공략 대상 중 한 사람과 맺어진다.

언뜻 보기에는 너무나도 뻔한 스토리의 RPG 요소를 가진 작품이다.

그러나 이 게임에는 다른 여성향 게임과는 결정적으로 다른 요소가 하나 있다.

바로 배드 엔딩 루트. 어떤 공략 대상과도 친밀도가 요구치에 도달하지 못하고, 친구 캐릭터의 친밀도도 낮은 상태에서 2학년으로 진급하면 돌입하는 루트다.

이 루트에서는 메인 캐릭터가 피네만 부릴 줄 아는 성마법을 '기분 나쁜 흑마법'이라며 혐오하고, 공공연하게 '악녀'라고 욕하며, 음침하게 괴롭히면서 못살게 군다. 그러다가 마지막에 공략 캐릭터 중 하나인 알베리히 왕자의 부름을 받은 피네는 퇴학통지서를 받고 강제로 『수락한다』 선택지를 고르게 된다.

다른 엔딩롤에서는 그토록 밝고 순수했던 피네가, 배드 엔딩에서는 눈에서 빛을 잃은 상태로 혼자 밤거리로 사라진다. 우울한 요소밖에 없는 우울한 루트다.

공통 루트나 공략 대상별 루트는 전형적인 여성향 게임의 시나리오인데, 이 배드 엔딩 루트의 시나리오만은 이상하게 독자적이고 정교했던 탓에, 발매 후 게시판에서 "제작진이 정말 만들고 싶었던 것은 우울한 게임이었던 것 아니냐"는 소문이 돌았었다. 또 이 배드 엔딩 루트는 계획적으로 모든 캐릭터의 친밀도를 차단하지 않으면 들어갈 수 없는 탓에 '역하렘 엔딩'보다 진입하기 어려워서 '실질적인 진엔딩'이라는 농담마저 있었다. 그래서 《인연야회》는 여성향 게임이 아니라 우울한 게임으로서 더 주목받았다.

그렇게 해서 밝고 순수하고 천진난만한 피네가 꺾여가는 모습은 도리어 작품의 세일즈 포인트가 되었고, 덕분에 《인연야회》는 상업적으로는 대성공을 거두었지만, 동시에 역사상 가장 거센 논란을 불러일으킨 게임이 되고 말았다.

내가 기억하는 것은 마지막에 플레이한 게임이 《인연야회》라는 것과, 그 게임에 관한 숨은 설정과 버그 기술 등을 포함한 풍부한 지식 정도지만.

그리고 이번 생에서 10살 생일을 앞두고 스스로 여러 가지 정보를 수집하던 어느 날, 어떤 생각이 머리를 스쳤다.

——이 세계가 《인연야회》와 매우 흡사하다는 것을.

예를 들면 《인연야회》의 캐릭터와 똑같은 외모를 가진 동성동명의 인물도 있고, 나라의 역사가 설정자료집에 실려 있었던 연대표와 일치하거나 유사한 경우도 많고, 지형과 게임의 맵도 같고, 마법이나 몬스터, 아이템의 이름과 효과도 똑같은 등 우연이라고 하기에는 일치하는 것이 너무 많은 것이다.

이러한 이유에서 나는 이 세계가 《인연야회》의 세계 그 자체 혹은 그것에 매우 가까운 평행 세계라고 생각했다.

그러나 《인연야회》의 작중에 애쉬 레벤이라는 이름의 캐릭터는 전혀 등장하지 않는다. 애초에 레벤가는 긴 역사밖에 내세울 것이 없는, 하급 귀족 중에서도 가장 작위가 낮은 남작 가문이다. 《인연야회》의 무대인 왕립 마법 학교에 입학해서도 주인공과 히로인이 다니는 상급 귀족반이 아니라 하급 귀족반에만 다닐 수 있다.

즉 나는 줄거리에도 낄 수도 없는 조연 1 이하의 존재에 불과하다.

아까 말했다시피 우리 가문은 귀족 중에서도 가장 낮은 남작 가문이고, 영지조차 없는 관리 계급이다. 그리고 후계자이자 왕립 마법 학교를 졸업한 장남과 그 약혼자가 있기 때문에 나는 레벤가에서도 서열이 가장 낮다. 가족들도 나를 없는 사람 취급했다.

일단 귀족의 자제로서 단출한 서민의 집……이 아니라 누추한 건물, 의욕 없는 하녀 그리고 생활비를 원조받아 가족들과 얼굴 한 번 보지 않고 지내고 있다. 편지로 연락조차 하지 않는다.

즉 가족들에게도 애쉬 레벤은 조연 이하의 존재다.

그러나 나에게는 좋은 조건이었다.

귀족의 적자로 태어났더라면 교양 따위를 배우느라 자유롭게 쓸 시간이 전혀 없었을 것이다.

상황을 즐기기로 한 나는, 의욕 없는 아르바이트생이나 다름없는 하녀를 돈으로 매수해 보호자 겸 보증인으로 삼고, 내 이름을 모험가 길드에 등록한 후, 개인 계좌를 개설했다.

그 길로 용무가 없어진 하녀는 집으로 돌려보내고, 나는 도심에서 유일하게 몬스터가 출현하는 지하수로로 향했다. 그리고 《인연야회》에서 썼던 돈벌이 기술로, 평생 편하게 먹고 살 수 있을 만큼의 돈과 스테이터스를 얻었다.

그러나…….

※ ※ ※

"또 옛날 꿈을 꿨네……. 엣취!"

다음 날 아침. 어제 비바람을 맞으며 달린 탓인지 몸의 떨림과 오한과 약간의 나른함을 느끼면서 눈을 뜬 나는, 지금까지의 인생을 돌아보는 꿈을 꾼 것에 대해 시답잖은 감상을 내뱉었다.

체온계와 하인이 있다면 학교에 결석을 통보할 수 있지만, 전자는 이 기숙사에 없고, 후자는 되돌려 보낸 지 오래다. 애초에 기숙사에 자기 하인을 데리고 올 수 있는 것은 어제 만난 상급 귀족반의 학생들뿐이다.

'그나저나 이 세계는 대체 어떻게 되먹은 거야?'

꿈의 내용 때문인지, 나는 어느새 이런 생각을 하고 있었다.

《인연야회》의 메인 시나리오는 진작에 시작되었을 텐데, 정작 히로인인 피네의 이름을 한 번도 들은 적이 없다. 보스 몬스터가 쓰러졌는지 아닌지조차 알 수 없었다.

공략 대상이자 '라크레시아 왕국'의 둘째 왕자인 '알베리히 아 라크레시아'가 게임과 마찬가지로 신입생 대표로 인사했으니, 내가 사는 시대가 어긋난 것도 아니다.

그렇다면 이 모순은 대체 뭔가? 이 세계에 '피네'라는 히로인이 존재하지 않는 걸까?

그러면 최종 보스는 대체 누가 쓰러뜨리지?

"일어나자마자 할 생각은 아니지……."

갑자기 무의미한 생각이 든 나는 시리얼에 우유를 부어 대충 아침 식사를 마치고, 추위에 떨면서 자동 마법 세탁 건조기로 완벽하게 세탁 · 건조되어 주름 하나 없는 교복을 입었다. 그리고 권태감을 느끼면서 기숙사 방문을 잠그고 학교로 향했다.

“……죽겠다.”

기껏 등교했더니 이안에게 몸이 많이 안 좋아 보인다는 말을 들었다. 보건실에서 진찰받았더니 열이 나고 있었다. 가벼운 감기라는 진단에 어쩔 수 없이 조퇴했다.

나는 인후통, 현기증, 다리가 저릿저릿한 느낌, 권태감에 시달리면서 침대에 누워 있기만 했다.

만약 내가 상급 귀족이었다면 지금쯤 하인의 간호를 받고 있겠지만, 하급 귀족들은 대체로 학교에 다니는 동안 전속 하인을 고용할 여유가 없다.

학교 측도 그것을 알기에, 하급 귀족들이 지내는 기숙사를 학생의 자취 생활을 전제로 설계했다.

개인적인 관점에서 설명을 덧붙이자면, 게임에서 피네가 데이트 이벤트 때 수제 도시락을 만들 수 있게 하는 구조적 장치이기도 하다.

왕립 마법 학교는 문제를 일으키지 않고 3년을 보내면 누구든 졸업할 수 있다. 물론 학교 성적은 졸업 후 진로에 크게 영향을 미치기 때문에 학업을 소홀히 할 수는 없다.

상급 귀족 사이에서는 파벌 싸움으로 온갖 계략이 난무하는 탓에 신경 쓸 게 많지만, 하급 귀족은 무관한 이야기이다.

따라서 귀족의 구석 끝자락인 나는 누구의 눈치도 보지 않고 이렇게 쉬어도 문제없다.

"레벨에 따라 면역력이 올라가면 좋을 텐데……."

아마 레벨에 그런 기능이 없는 건 스토리 진행을 위해서일 것이다. 《인연야회》에는 피네가 감기에 걸린 상대를 간병했다가 이튿날 감기가 옮아 반대로 간병 받는 이벤트가 있다. 레벨로 면역이 오르면 이벤트가 성립하지 않는다.

이런 점들을 보면, 이 세계는 철저하게 피네의 행동에 중점을 두어 구성되었다.

세계의 중심이자 주인공. 태어나면서부터 무거운 운명을 짊어진 그녀가 느낄 중압감은 대체 어떨까.

그리고 그 주인공의 자리에서 쫓겨나는 건 얼마나 고통스러운 일일까?

이크. 감기 때문에 사고가 점점 이상한 방향으로 흐른다.

물이나 마시자, 하고 일어난 순간.

똑똑.

누군가가 문을 두드렸다.

이상하네. 지금은 학교에서 수업이 한창일 시간이라 기

숙사로 찾아올 사람이 없다.

건물 내에 기숙사 관리인이 있기는 하지만, 그 남자는 학생들을 살피는 척하면서 귀족의 출세에 꼬리를 흔드는 것밖에 할 줄 모르는 인간이므로 병문안을 올 리는 만무하다.

똑똑.

내가 상대를 가늠하고 있자니, 다시금 문을 두드렸다.

습격이었다면 진작 문을 부수고 들어왔을 테니, 그런 용무는 아닌 듯 했다. 애초에 습격을 받을 만한 신분도 아니지만.

"누구세요?"

나른한 몸을 일으켜 문을 연 나는, 상대를 보고 놀라서 눈을 휘둥그레 떴다.

"안녕하세요, 애쉬 님. 옷을 돌려드리러 왔어요."

어제 뒷골목에서 마주친, 죽은 눈빛의 소유자였다. 어제는 후드를 쓰고 있어서 몰랐지만, 머리도 제대로 손질하지 못해 푸석푸석했다.

그런데 그 와중에 내 교복 상의는 깨끗이 빨아 곱게 개어놓았다.

"……내 이름은 어디서 들었어? 여기 있는 줄은 또 어떻게 알았고?"

"교복 상의에 이게 들어 있었어요."

그녀는 자신의 주머니에서 학생증을 꺼내 내밀었다.

거기에는 전사 마법으로 붙인 내 증명사진과 이름이 적혀 있었다. 요컨대 내 학생증이다.

"수업 중이라 처음에는 수위분께 부탁드리려 했는데, 기숙사에 계신다기에 직접 왔어요."

"그랬군. 고마워."

학생증이 있는 것도 까먹고 상의를 통째로 주다니, 멍청하긴.

나는 자신의 부주의함에 진저리를 내면서 소녀에게서 교복을 받았다.

"어……?"

그때 불현듯 힘이 빠지더니, 내 몸이 소녀 쪽으로 몸이 기우뚱했다.

그녀는 나를 다정하게 받아내더니 진지한 눈빛으로 내 이마를 손으로 짚었다.

"열이 있네요. 감기인가요?"

"어. 그래서 조퇴하고 누워 있던 참이야. 뭐, 하룻밤 자고 나면 낫겠지."

소녀에게서 떨어지려고 했지만, 몸에 힘이 들어가지 않아 이번에는 뒤로 넘어질 뻔했다.

그것을 보더니 소녀가 방 안으로 들어와 내가 넘어지지 않도록 몸을 확 잡아당겼다.

"침대까지 보내드릴게요."

"그렇게까지 하지 않아도 돼."

"어서요."

"……알았어."

나는 기세에 눌려 소녀의 부축을 받으면서 간신히 침실로 돌아가 침대에 누웠다.

엄청 모양 빠지지만, 지금은 얌전히 그녀가 시키는 대로 하는 것이 좋을 것 같다.

"어디 아픈 데 있으세요?"

"코랑 목, 그리고 머리도……."

"전형적인 감기네요. 약은요?"

"……없어."

"그래요? 알겠어요."

내 대답에 소녀는 납득한 듯 고개를 끄덕이더니 나에게 두 손을 내밀었다.

"눈 감으세요. 속이 좀 울렁거릴 수도 있지만, 참으세요."

그렇게 충고하더니 이윽고 작은 목소리로 뭐라고 중얼거렸다. 그러자 권태감과 인후통이 씻어낸 듯 사르르 사라졌다.

"열도 내려갔네요. 이제 괜찮아요. 혹시 모르니 오늘 하루는 얌전히 누워 계세요. 그럼 전 이만."

소녀는 내 이마를 짚어 보더니, 대답도 듣지 않고 자리에서 일어났다.

“자, 잠깐! 뭐라고 감사 인사를 해야 할지――.”

“어제도 말했지만, 전 마음만 받으면 돼요”

그때. 어딘가에서 꼬르륵 소리가 났다.

처음에는 아침부터 아무것도 먹지 않은 내 배에서 들린 줄 알았는데, 눈앞의 후드 사이로 언뜻 보이는 소녀의 빨갛게 물든 얼굴을 보고 눈치를 챘다.

“그…… 내가 아침부터 아무것도 먹은 게 없어서 그런데, 요리 좀 도와줄래?”

“……그럼 애쉬 님, 뭐 드시고 싶은 거 있으세요?”

“어…… 해주려고?”

“방금까지 아팠던 사람한테 어떻게 요리를 시키겠어요? 그래서 뭐가 드시고 싶으세요?”

“……그러면 죽으로.”

“알겠어요. 여기서 기다리고 계세요.”

“그래…… 주방에 있는 건 자유롭게 써도 돼.”

소녀는 부끄러운 기색으로 침실을 나가 주방으로 향했다.

《인연야회》는 일본제 여성향 게임이라서 그런지, 무대는 중세 유럽에 가깝지만, 일식 메뉴나 일본식 목욕 문화가 뒤섞여 있다.

그 덕분에 나도 생활 양식을 크게 바꾸지 않아도 됐다.

이렇게 생각하면서 천장을 멍하니 올려다보고 있으니, 소녀가 냄비와 그릇을 쟁반에 담아 들고 침실로 들어왔다.

뚜껑을 여니 아주 맛있어 보이는 달걀죽이 들어 있었다.

"오래 기다리셨죠? 맛있을지는 모르겠네요……."

"이거 엄청 맛있는데!"

따뜻하고 부드러운 맛의 달걀죽은 일품이었다. 그릇에 담은 죽은 순식간에 줄어들었다.

"넌 안 먹어?"

"……저도 먹어도 돼요?"

"네가 만들었는데 당연하지. 어서 먹어."

"……그럼, 잘 먹겠습니다."

소녀는 이렇게 말한 뒤, 새 그릇을 가져와서 죽을 담아 숟가락으로 입에 가져가 천천히 씹었다.

그러자 눈물 한 방울이 그녀의 뺨을 적셨다.

"왜, 왜 그래?"

"아니에요. 오랜만에 따뜻한 음식을 먹었더니 저도 모르게……."

그런 뒷골목에서 누추한 차림으로 웅크리고 있었던 것을 생각하면, 이 소녀가 평소 제대로 먹지 못했을 건 짐작이 갔다.

아무래도 잘 챙겨 먹는 건 정말 오랜만인 모양이었다.

우리는 천천히 시간을 들여 달걀죽을 먹었다.

그리고 냄비가 비어 갈 무렵에는 소녀는 긴장의 끈이 풀렸는지 침대에 기대어 잠들어 있었다.

“······피곤했나 보네.”

나는 식기를 쟁반에 옮기고, 소녀를 깨우지 않도록 조심하면서 주방으로 갔다.

※ ※ ※

다음 날 아침, 눈을 뜨니 거실 소파 위였다.

왜 이런 데서 자고 있지? 하고 어리둥절하다가 어제 있었던 일이 떠올랐다.

조용히 침실을 들여다보니 침대에서 소녀가 곤히 자고 있었다.

‘맞다. 도무지 일어나지 않아서 어쩔 수 없이 침대에 재웠지.’

슬슬 깨워야 하나 싶었지만, 시계를 보니 수업 시작까지 아직 여유가 있다. 어제 감기 때문에 깊은 잠을 자서 그런지, 내가 오히려 평소보다 일찍 일어난 모양이었다.

나는 그녀를 좀 더 놔두기로 했다. 서둘러 『집에 있는 물건은 마음대로 써도 좋아. 나갈 때는 이걸로 문을 잠그고 현관 우편함에 넣어줘』라는 메모와 열쇠를 거실 테이블에 놓고, 교복으로 갈아입고 기숙사를 나섰다.

그리고 나는 그녀가 푹 자기를 기도하면서 학교로 달려갔다.

"하압!"

"크윽?!"

"애쉬 레벤, 승!"

하급 귀족반의 합동 검술 연습에서 동급생을 세 명이나 누르고 승패표에 사인한 뒤, 나는 수건으로 땀을 닦으면서 나무 그늘로 자리를 옮겼다.

"이야, 애쉬. 오늘은 컨디션이 최곤데?"

목소리에 고개를 돌리자, 이안이 나무 그늘에서 물통에 입을 댄 채 쉬는 자세로 아직 진행 중인 시합을 관전하고 있었다.

"인후통, 현기증, 두통, 나른함과 어깨 결림까지. 싹 나으니 정말 컨디션이 좋더라."

농담이 아니라 지금 나는 최근 몇 년 중에 가장 컨디션이 좋았다.

아픈 데도 없고, 기분도 고조되어 있다. 정말 나도 모르는 사이에 위험한 약을 먹었나 싶을 만큼 들뜬다.

"이참에 다섯 명을 누르고 전설이 되는 건 어때?"

"피곤하니까 사양할게. 점심까지 여기서 쉬어야겠어."

그러고는 나무 그늘에 대자로 뻗었다.

연습이 끝난 동급생들은 마치 악마라도 본 것처럼 벌벌 떨면서 나를 피했다.

"……내가 저렇게까지 겁먹을 행동을 했나?"

"어제 조퇴할 정도로 아팠던 놈이 다음 날 미친 듯이 검을 휘두르면 나라도 겁먹는다."

──하긴 어제는 서 있기도 힘든 상태였다.

그런데 오늘은 아무 일도 없었다는 듯이 태연하게 수업을 들었다.

좀 이상하게 보일 것 같기도……?

"아, 끝났다."

그때 마침 오전 수업의 끝을 알리는 종소리가 울린다.

학생들은 지친 기색으로 보관 담당에게 검을 반납하고, 점심으로 무엇을 먹을지 잡담하면서 학생 식당으로 향한다.

"이안, 넌 점심 어떻게 할 거야?"

"난 늘 먹던 대로 돈가스 카레. 넌?"

"난…… 파라멘 세트?"

무엇을 먹을지 이야기하고 있는데 이안이 "아참" 하고 뭔가 생각났다는 듯이 말한다.

"어제 너 조퇴했었지? 그러면 어제 무슨 일이 있었는지도 모르겠네?"

"무슨 일이 있었는데?"

"알베리히 전하가 약혼을 발표했어!"

알베리히 제2왕자. 《인연야회》의 공략 대상 캐릭터 중 하나로, 노멀 루트에서는 용사로서 빛의 성녀로 각성한 피네와 함께 마왕을 쓰러뜨리는 인물이다.

그러나 하급 귀족과 상급 귀족은 반이 달라서 접촉할 기회가 거의 없다. 수업도 따로 듣기 때문에, 내가 제2왕자의 얼굴을 직접 본 것은 입학식 신입생 대표 연설 때가 전부다.

"누구랑 약혼했는데? 공작가나 그 분가의 영애?"

"아니, 그게 말이야, 우리 같은 준남작가의 영애야."

준남작가는 귀족 신분 중에서 가장 낮다. 귀족의 특권도 거의 없고, 돈만 있으면 작위를 살 수도 있다. 그렇기에 귀족 중에는 숫자가 제일 많다. 그러나 이마저도 세습되지 않으므로, 당대 당주가 무엇이든 공적을 올리지 않으면 작위를 몰수당한다.

그런 이유로 백작 이상의 상위 귀족들에게는 평민 취급을 당한다.

"준남작가가 용케 왕족과 접점을 만들었네. 이름은 공표됐어?"

"아마 '엘리제 링슈타트'라고 했던 거 같은데. 약혼 발표 때 알베리히 전하 옆에 있는 걸 봤는데, 꽤 귀엽더라."

엘리제라고……? 《인연야회》에 그런 캐릭터는 나온 적이 없는데?

물론, 배드 엔딩으로 피네가 퇴학당한 후에 학교 사정이 어떻게 되었는지는 나오지 않으니, 그 이후에 모르는 인물이 나와도 이상하지는 않다.

그렇다 하더라도 준남작가의 영애가 어떻게 왕족과 사귄 거지?

"그 엘리제라는 사람, 어느 반인지 알아?"

"약혼 발표와 동시에 상급 귀족반으로 편입되었대. 우리는 만날 수 없다는 거지. 하지만 곧 볼 수 있겠는걸. 저런 난리를 떠는 걸 보면."

이안은 이렇게 말하고 창문 쪽을 가리켰다.

무슨 뜻인가 하고 창밖으로 시선을 돌린 나는 이내 그가 말한 '난리'의 의미를 이해했다.

"알베리히, 오늘은 샌드위치를 싸 왔어. 먹어 줄래?"

"물론이지, 엘리제. 네가 만들어 준 거라면 뭐든지 환영이야."

왕립 마법 학교의 정원. 수많은 학생의 시선이 모이는 그곳에서 알베리히 왕자와 자그마한 소녀가 보란 듯이 화기애애하게 식사하고 있었다.

"……기분 탓인가? 저 샌드위치, 학생 식당에서 파는 거랑 똑같이 생겼는데?"

"응, 그거 맞아. 그것도 제일 싼 거."

"진짜냐. 왕족을 상대로……. 사랑은 사람을 눈멀게 한다는 말이 저런 거구나."

우리는 저 멀리 엘리제와 알베리히 왕자의 연애질을 보

면서 학생 식당에 도착했다.

메뉴를 정한 우리는 햇볕이 잘 드는 자리가 없는지 찾기 시작했다.

그러다가 어제 그 여학생이 테라스석 구석에서 식사하고 있는 것을 발견했다.

내가 기숙사를 나온 후에 일어나 등교한 모양이다.

흠. 저 자리, 햇볕도 잘 들고 좋아 보이는데? 좋아, 저기로 하자. 열쇠를 잘 두고 왔는지도 걱정이고.

"애쉬, 괜찮은 자리 있어?"

"응. 그런데 합석해야 할 것 같은데, 괜찮아?"

"엥? 딱히 상관은 없다만…….”

좋아, 이로써 언질은 주었다. 나는 이안을 데리고 그녀가 있는 곳으로 간다.

"주제도 모르고 이 고귀한 마법 학교에 부당재적 중인 멍청이가 너냐?"

소녀에게 말을 붙이려는 순간, 금발 버섯 머리를 한 작고 뚱뚱한 '금박 소매' 남학생이 끼어들더니, 소녀에게 비아냥대며 시비를 걸었다.

'금박 소매'란 하급 귀족반 학생들이 상급 귀족반을 가리켜 하는 멸칭이다.

발단은 수십 년 전 학교 교복 디자인을 바꿀 때, 그때까지는 전교생이 같은 디자인의 교복을 입던 것을 상급 귀족반의 교복 소매에만 금박 장식을 넣은 것에서 기인한다. 그에 반발한 학생과 학부모들이 그렇게 부르기 시작한 것이 하급 귀족반 사이에서 유행이 되어 오늘날까지 이어지고 있다.

반대로 상급 귀족반의 '금박 소매'들은 하급 귀족반의 학생들을 '민무늬 소매'라고 비하한다.

"너 때문에 왕립 마법 학교와 우리의 명예가 얼마나 실추되는지 알아? 마녀에게 내줄 자리는 없어. 어서 학교에서 꺼져!"

'금박 소매' 남학생이 침을 튀기면서 여학생에게 욕설을 퍼부었다.

그에 대해 그녀는 마치 늘 있는 일이라는 듯, 아무런 대꾸도 없이 컵을 들어 물을 마실 뿐이었다.

대꾸해 봤자 안 들을 거잖아.

호소해 봤자 전부 묵살할 거잖아.

그녀는 마치 그렇게 말하기라도 하듯이 끝까지 침묵을 지켰다.

"내 말보다 밥이 더 중요하다 이거야? 이 마녀, 전하의 말씀도 못 들었어?"

뚱뚱한 '금박 소매'가 테라스 구석에 놓여 있던 나무 물통을 번쩍 들더니, 구정물을 여학생의 머리 위에 들이부었다.

"……."

“야, 야, 애쉬──.”

그것을 본 순간, 내 평정심이 깨졌다. 나는 그녀가 있는 곳으로 한달음에 달려갔다.

“흥, 아직도 입을 다물고 있으시겠다? 그렇다면!”

한편, 뚱뚱한 ‘금박 소매’는 기대하던 반응이 나오지 않아서 흥분했는지, 칼집에서 검을 빼어 여학생을 겨누었다.

“이 학교에, 아니 이 세계에 너 따위가 있을 곳은 없다는 걸 알려주지. 네년의 면상에 평생 지울 수 없는 각인을 남겨주마!”

여학생은 그것을 보고도 아무 말이 없었지만, 몸은 사시나무처럼 떨리고 있었다.

“5초 기다린다. 그때까지 무릎 꿇고 빌어라. 하나, 둘.”

5초 같은 소리 하네. 그 시간이면 몬스터 한두 마리는 쓰러뜨리겠다.

“셋, 넷.”

나는 옆 테이블에 놓여 있던 스테이크 나이프를 들고 여학생 쪽으로 갔다.

“다섯. 그래, 해보자, 이거지? 이 재수 없는 마녀년!”

뚱뚱한 ‘금박 소매’가 검을 휘두른 순간, 나는 둘 사이로 뛰어들어 스테이크 나이프로 검을 받아냈다.

“이……?! 이건 또 뭐야?”

뚱뚱한 ‘금박 소매’가 검에 힘을 눌러 담으려 하기에, 나는

녀석의 검을 걷어찼다. 그리고 그 뚱뚱한 배에 일격을 가했다.

"커헉……. 민무늬 소매 주제에, 감히! 미친 거냐……?!"

"미친 건 이런 데서 검을 빼든 너겠지."

"이 새끼가!"

내 말이 신경을 건드렸는지, 뚱뚱한 학생의 똘마니가 단검을 들고 이쪽으로 달려왔다.

나는 그 남학생의 손을 걷어차서 단검을 날려 버리고 제압했다.

음, 역시 이상할 만큼 컨디션이 좋네. 힘 조절부터 몸의 세세한 움직임까지, 전부 원하는 대로 반응한다.

'그런데.'

낮부터 학생 식당에서 난투극을 벌이는 바람에, 직원과 학생들이 술렁거리고 있다. 일단…….

"야, 애쉬! 너 어쩔 작정이야?!"

"이안, 내 가방 좀 맡아줘. 나 먼저 조퇴한다."

"어?! 아니 잠깐, 야!"

"으앗?! 저, 저기요?!"

소동이 너무 커졌다. 계속 여기 있어 봤자 그녀에게 좋을 것 없다. 나는 그녀를 공주처럼 안아 들고, 활짝 열린 테라스석을 통해 교정으로 나가 울타리를 넘어 시내로 달렸다.

여기까지 오면 놈들이랑 마주칠 일도 없겠지.

"……저기요!"

이렇게 생각하고 있는데 가슴 쪽에서 목소리가 들렸다. 아래를 내려다보자, 여학생이 안긴 채로 수줍게 꼼지락거리면서 이렇게 외쳤다.

"그, 그만 내려 주세요!"

"미안, 어서 빠져나가야겠다는 생각에 그만."

"……됐어요. 어제도 그렇고, 당신은 원래 그런 사람인 거겠죠."

학교에서 조금 떨어진 거리에 있는 카페. 그곳으로 이동한 나에게 그녀는 빨대로 레몬수를 마시면서 이렇게 말했다.

"하지만 이제 어떻게 하실 거예요? 그런 사고를 치고 돌아가면 그냥 넘어가진 않을 텐데. ……낮부터 교복 차림으로 밖을 돌아다니는 것도 이미 문제지만요."

맞는 말이다. 아무리 시내라도 왕립 마법 학교의 교복은 튀는 복장이고, 게다가 이 아이는 '금박 소매'라 더 눈에 띈다.

하지만 나도 그런 생각도 없이 무작정 뛰쳐나온 건 아니다.

"내 집이 이 근처야. 돈도 있고, 남자 옷이지만 갈아입을 옷도 있으니까, 내일까지는 얌전히 지내야지 뭐."

“······새삼스러운 질문이긴 하지만, 왜 자꾸 저를 도와주시는 거죠? 저 돈 없어요.”

“그냥, 모른척할 수가 없어서.”

“······고작 그런 이유로 절 도와주신 거예요?”

“못 믿겠으면 가서 거울이라도 봐. 만날 때마다 네 표정이 정말로 무슨 짓을 저지를지 모를 정도로 위태로워 보여서 손을 내밀지 않을 수가 없어. 다른 이유는 없어.”

“······그래요?”

그녀는 민망한 표정으로 눈을 내리깐다.

이렇게 대화를 나누는 동안에도 우리에게 쳐다보는 구경꾼들의 수는 계속 늘어나고 있다.

보통 이 시간대에 왕립 마법 학교의 귀족이 바깥을 돌아다니는 것은 상당히 드문 일이니 그럴 만도 하다.

“여기 계속 있을 순 없어. 일단 내 집으로 가자. 어때?”

“······알겠어요. 시선이 쏠리니 불편하네요.”

그리하여 나는 계산서를 들고 재빨리 계산을 마친다.

“아, 돈······.”

“지금은 됐어. 일단은 서두르자.”

“······알겠어요.”

그렇게 그녀를 납득시킨 뒤, 우리는 학교 기숙사가 아니라 수도에 있는 내 저택으로 향했다.

왕립 마법 학교에는 수도에 집이 있는 학생도 많다. 하지만 정작 집에서 다니는 학생은 없다. 기숙사를 이용하면 다른 가문과 접점을 만들 기회가 생기기 때문이다.

귀족 사회에서 중요한 것 중 하나가 그런 인맥이다.

기숙사는 사적인 공간이 거의 없는 대신, 다른 귀족 자제들과 가깝게 지낼 수 있다. 파벌이나 동맹 관계를 쌓기에 몹시 유리한 구조인 셈이다.

그럼 귀족 사회에 그렇게까지 흥미가 없는 나는 왜 기숙사에서 살았는가? 나름의 이유가 있다.

"대체 무슨 생활을 보낸 거예요……?"

여학생은 기가 찬다는 듯이 한숨을 쉬면서, 신나게 어질러진 복도와 거실을 둘러보았다.

참고로 그녀에게는 말하지 않았지만, 복도와 거실, 샤워실, 옷장 이외는 이것보다 더 심한 상태가 되곤 한다.

어째서 이런 꼴인지에 대해 변명하자면, 게임과는 다르게 길드에서 한 번에 매각할 수 있는 아이템에 한도가 있기 때문이다.

모험가 길드는 웬만큼 현금을 보유하고 있지만, 그래도 수도 1급지에 지어진 저택을 가득 채운 대량의 레어 아이템을 일시불로 사들일 여력은 없다. 결과적으로 나는 아이템을 여러 번에 나누어 팔아야 했다. 그동안 매각용 아이템은 자연스럽게 저택에서 뒹굴 수밖에 없다.

창고를 빌리면 되지 않느냐, 레어 아이템을 그만 모으면 되지 않느냐, 애초에 레어 아이템만 어질러진 것도 아니잖냐고 따지면 할 말은 없다만.

다행히 음식물은 방치하지 않았으므로 냄새가 심하지는 않았다. 옷장도 격리되어 있으니, 옷들도 아마 무사할 거다.

"아, 옷장은 2층 구석에 있어. 어질러 놓은 건 밟고 다녀도 돼. 그동안 난 금고에 다녀올게."

나는 머리를 긁적거리며 그렇게 말했지만, 여학생은 한 마디도 하지 않았다.

이런 쓰레기 집에 데리고 와서 화가 난 건가?

"……어디 있죠?"

뒤늦게 그렇게 불안해하고 있을 때, 그녀가 입을 열었다.

"뭐가?"

"청소 도구는 어디에 있냐고요."

"청소 도구는 왜?"

내가 질문하자, 그녀는 눈을 부릅뜨고 이렇게 말했다.

"이 집을 청소하려고 그러죠! 이렇게 정리도 되지 않은 먼지 구덩이 속에 있다가는 병나요!"

"어차피 평소에는 기숙사에서 지내니까 상관없지 않을까……."

"그러다 기숙사에서 쫓겨나면 그때는 어떻게 하실 건데요?!"

"그건 뭐······."

음, 변명은 안 통할 것 같다. 얌전히 시키는 대로 하자.

"아마 복도 끝 창고에 있을 거야."

나는 청소 도구를 보관해 놓은 장소를 가리키면서 다 기어들어 가는 목소리로 말했다.

"더러워져도 되는 옷으로 갈아입고 오신 거죠?"

"응, 갈아입고 왔어."

30분 뒤, 나는 모험가로 활동할 때 입는 싸구려 옷으로 갈아입고 그녀 앞에 출두했다.

"······그런데 넌 교복을 입고 하게?"

"전 빌려주신 앞치마면 돼요. 그러면 빨리 끝내요."

그녀는 이렇게 말하면서 앞치마를 두르고 손뼉을 탁 쳤다.

"먼저 어질러진 물건을 치우도록 해요. 일단 정원으로 전부 내놓으면 좋겠는데, 괜찮죠?"

"아마도?"

"알았어요. 그럼 전 복도의 짐을 정리할 테니까 애쉬 님은 거실의 짐을 나르세요."

"······응."

한심한 꼴이 되었지만, 이것도 다 내가 게으른 탓이다. 얌전히 대청소 최고사령관인 그녀가 시키는 대로 하자.

'엄청 많긴 하네.'

나는 거실에 널브러져 있는 각종 장식품 및 강화 재료, 마법서 따위를 보면서 새삼 생각한다.

이게 게임이었다면 소지품 창에서 필요한 것을 찾는 것도 보통 일이 아니었을 거다. 물론 지금도 물리적으로 어려운 일이긴 한데…….

'가볍고 작은 마법서부터 옮긴 후에 강화 재료를 옮기자.'

나는 묵묵히 정원 구석으로 짐들을 옮겼다.

지금 와서 생각하니 용케도 이런 집구석에서 살았었구나 싶다. 이 집에서 거주하며 일했던 그 하녀한테 새삼 미안한 마음이 든다.

……그 하녀의 업무는 나를 돌보는 일이 아니라, 형이 결혼할 때까지 내가 무슨 문제를 일으키지 않도록 감시하는 거였지만.

'어이쿠, 쓸데없는 생각을 할 시간이 있으면 부지런히 움직여야지.'

그렇게 묵묵히 작업을 하니, 문득 오랫동안 보지 못한 거실 바닥이 시야에 들어왔다.

"거실은…… 순조로운 것 같네요."

그때, 그녀가 사다리를 들고 거실로 들어왔다.

"그건 어디에 쓰려고?"

"천장하고 벽도 더러워서 청소하려고요. 신경 쓰지 말고 계속하세요."

"으, 응."

그녀는 사다리를 세워 천장과 벽을 걸레로 닦기 시작했지만, 문제가 하나 있었다.

'거기서 그러면 팬티가 다 보이잖아…….'

본인은 자각이 없는 것 같다만, 짐을 나를 때마다 그녀가 입고 있는 검은색 팬티가 슬쩍슬쩍 시야에 들어온다.

이걸 말해야 할까? 대체 어떤 식으로?

그런 생각을 하는 동안에도 그녀는 부지런히 천장과 벽을 걸레질하고는 사다리를 다른 곳으로 옮기려 한다.

그때.

"앗!"

"조심해야지."

그녀가 어느 던전에서 획득한 작은 수정이 발밑에 있는 것을 보지 못하고, 사다리를 그 위로 옮겼다가 사다리에 깔릴 뻔했다. 나는 반사적으로 그녀를 내 쪽으로 끌어당겼다.

"고, 고맙습니다……."

그녀는 나에게 안긴 채 수줍은 듯 감사 인사를 했다.

"아니야. 내가 꼼꼼히 옮겨야 했는데, 부주의했어. 정말 미안해. 다친 데는 없어?"

"구해주신 덕분에……. 애쉬 님은 다친 데 없으세요?"

"난 괜찮아. 일단 또 떨어져 있는 건 없는지 찾아볼게."

"저도 찾아볼게요. 그러니까 저기, 그만 놔주세요……."

그 말에 나는 아직도 내가 그녀를 안고 있다는 것을 깨닫고 황급히 두 손을 놓는다.

"정말 번번이 미안해……!"

"아, 아니에요. 저도 부주의했는걸요."

"그리고 말이야, 미안한 김에 말해 두겠는데."

"?"

"아까부터 네가 입고 있는 팬티가 슬쩍슬쩍 시야에 들어오고 있어……."

"왜 그걸 지금 말해요?!"

그녀는 얼굴이 새빨개져서 이렇게 외치고는 바지를 입기 위해 방을 뛰쳐나갔다.

"오, 정말 몰라보게 깨끗해졌는걸……."

날이 완전히 저물었을 무렵, 내 저택은 쓰레기장에서 집으로 완벽히 변모해 있었다.

"후우……. 이제부터는 정기적으로 청소하세요."

"그럴게. 이런 청소는 두 번은 사양이야."

"설마 기숙사 방도 이렇게 심한 건 아니겠죠? 거실은 그나마 괜찮았던 거 같은데."

그녀의 말에 청소 전의 여기만큼은 아니지만, 책이 산더미처럼 쌓여 있어 발 디딜 틈조차 없는 기숙사 방이 뇌리를 스친다.

"그, 그런데 저녁은 어떻게 할래? 내가 살게……."

"말을 돌리시는 걸 보니, 답을 알겠네요. 혹시 샤워실하고 수건 좀 빌릴 수 있을까요?"

"얼마든지. 근데 남자 집에서 씻는 건 좀 찝찝하지 않아?"

"공주님처럼 안기고 팬티까지 보인 마당에 뭐 어때요?"

그녀는 이렇게 말하고 뾰로통한 표정을 지었다.

"그건 미안해."

내가 곧바로 머리를 숙이고 사과하자, 그녀가 피식 풉 웃는다.

"놀려서 죄송해요. 전 정말 괜찮아요. 그러면 샤워 좀 빌릴게요."

"응. 갈아입을 옷하고 수건은 아무거나 써도 돼."

"알겠어요."

그녀는 청소하는 동안에 빨아서 말려둔 목욕수건을 들고 욕실로 갔다.

자, 이제 앞으로 어쩌지?

애초에 그녀를 여기 데려온 건 청소시키려고 한 게 아니다. 학교를 피해서 온 거지. 오늘 있었던 일을 보건대, 그녀는 유독 심하게 다른 '금박 소매'들의 표적이 되고 있다. 이대로 학교에 돌려보내도, 금방 비슷한 일을 겪을 게 뻔하다.

외부의 도움은 받을 수 없다. 학교 내에서 벌어지는 귀족 자제들의 암투에 자진해서 끼어들고 싶은 사람은 없을 테니까. 애초에 그런 환경이 아니면 《인연야회》의 스토리는 성립될 수 없다.

우선 어째서 그녀가 이렇게까지 '금박 소매'들에게 미움을 받는지부터 알아야겠군.

이렇게까지 미움받는 캐릭터라니, 마치 그 루트를 보는 것 같잖아…….

"죄송해요. 너무 오래 씻었죠?"

사색에 잠겨 있으니, 그녀의 목소리가 들렸다.

"아니야, 신경 쓰지……."

그녀의 모습을 본 나는 말을 잃고 말았다.

단정하게 윤기를 되찾은 분홍빛 미디엄 롱 헤어, 생기를 되찾은 비취색 눈, 그리고 대체 저택 어디서 찾은 건지는 모르겠지만, 《인연야회》의 히로인이 파자마 이벤트에서 입고 나왔던 파자마.

"피네 슈타우트……?"

내가 지금까지 상대했던 거지꼴의 소녀가 바로 이 세계의 주역이자 히로인인 소녀였다.

　《인연야회》가 우울한 게임으로 유명한 건 배드 엔딩 때문이다. 엔딩과 동시에 끝나는 다른 게임과 달리, 이 게임은 엔딩 후에도 공통 루트가 끝날 때까지 모든 캐릭터로부터 미움을 받는 상태로 게임이 이어진다. 이 수모를 감당한 끝에야 비로소 첫 화면(타이틀)으로 돌아갈 수 있다.

　아이템을 사러 상점에 가면 주인에게 욕설을 듣고, 랜덤 이벤트는 모두 피네에게 상처를 주는 내용으로 바뀌며, 누구와도 파티를 꾸리지 못해 담담히 마지막 날이 오기를 기다리면서 플레이해야 한다.

　그 전에 게임에서 빠져나오면 그동안 쌓은 스테이터스와 획득한 아이템, 클리어 데이터까지 전부 날아가 버린다. 그래서 울며 겨자 먹기로 계속 플레이할 수밖에 없다.

　히로인에게도, 플레이어에게도 오로지 고통뿐이기 때문에 『《인연야회》의 제작진이 정말 만들고 싶었던 것은 우울한 게임이 아니었을까?』라는 말이 돌았다.

　그리고 배드 엔딩 루트에서 피네의 전신이 나오는 것은 마지막 스틸 컷(CG)이 표시되기 직전뿐이다.

　즉 《인연야회》의 배드 엔딩 루트에서는 최후의 최후까지 피네가 어떤 꼴을 하고 있는지 알 길이 없다.

그리고 《인연야회》 본편 스틸 컷에 나오는 피네는 모두 생기발랄하고 쾌활한 소녀의 모습이었다. 죽은 눈에 머릿결이 푸석한 그녀와 피네의 인상은 도무지 연관 지을 수가 없었다.

그러나 지금 생각해 보면, 그녀가 피네라고 판단할 수 있는 요소가 있기는 했다.

바로 감기에 걸린 나를 단번에 회복시킨 것. 그건 피네만이 부릴 수 있는 '성마법'의 힘이다.

지금 피네의 상태를 보면, 이 세계가 어떤 루트에 돌입해 있는지는 자명하다. 내가 있는 이 세계관은 지금 한창 배드 엔딩으로 직행하는 중이다.

"앗, 제 이름을 알고 계셨어요……?"

나도 모르게 튀어나온 그 이름을 듣고 그녀—— 피네의 표정이 확 어두워졌다.

"……1학년 때 하급 귀족반에도 소문이 돌았었거든. 엄청난 마법을 부리는 여자애가 상급 귀족반에 입학했다고."

거짓말은 아니다. 평민이지만 특별한 마법을 부릴 줄 안다는 이유로 상급 귀족반에 입학한 여자애가 있다는 이야기는 입학 초기에 화제였었다.

물론 《인연야회》에서 처음 발생하는 공략 대상과의 첫 대면 이벤트가 없어, 전교생에게 알려진다는 본래의 흐름으로는 가지 못한 탓에 그녀에 관한 화제는 금방 사라졌고,

그 이후에도 평범한 시나리오에서 발생하는 이벤트는 하나
도 발생하지 않아 왕립 마법 학교에 입학하고 맞이하는 첫
여름방학 무렵에는 아무런 소문도 들리지 않게 되었지만.

"내가 너에 대해 아는 건 그게 다야. 학생 식당에서 그
녀석들이 그랬던 것처럼 너에게 상처를 줄 생각은 없어."

"그런가요……."

하지만 피네의 얼굴에서는 그늘이 사라지지 않았고, 아
까와는 딴판으로 침울한 표정이다.

"미안. 괜한 말을 했네."

"……이름을 숨기고 있던 제 잘못이죠. 신경 쓰지 마세요."

피네는 웃으며 얼버무렸지만, 썩 밝은 표정은 아니었다.

그녀는 이미 같은 학교 학생에게 이름을 불리는 것 자체
가 트라우마가 된 모양이었다.

"청소하면서 봤으니 알 테지만, 이 저택에는 손님방이
있어. 일단 오늘은 늦었으니까 거길 써. 나랑 한 지붕 아래
있는 게 싫지 않다면 말이지만."

"감사합니다. 그렇게 할게요."

"그리고 저녁은……."

"죄송해요. 지금은 식욕이 없어서 그냥 쉬고 싶어요."

"……알았어. 그럼 잘 자."

"네, 안녕히 주무세요."

피네는 나에게 인사하고 손님방으로 향했다.

나는 소파에 깊숙이 앉아 큰 한숨을 내쉰다.

"말실수했네."

이렇게 중얼거리고, 나는 천장의 마법 조명을 잠시 멍하니 바라보았다.

그날은 나도 식욕이 없어서 그대로 잠자리에 들었지만, 나중에 돌이켜보니 정말 짧은 생각이었다.

다음 날, 일어나서 거실로 가자, 그녀가 빌렸던 파자마가 깨끗이 세탁되어 곱게 개어진 상태로 놓여 있었다. 그 위에는——.

"이건……."

『정체를 숨기고 여러 가지 일에 휘말리게 해서 정말 죄송했습니다. 당장 나갈게요.』

짤막하게 이렇게 적힌 편지가 지갑과 함께 덩그러니 놓여 있었다.

그 편지를 읽은 나는 즉시 교복으로 갈아입고 왕립 마법 학교로 서둘러 갔다.

그 내용을 있는 그대로 해석한다면, 그녀는 정체를 숨긴 것에 죄책감을 느꼈다. 그리고 내가 정체를 알자, 더 이상 이곳에 있을 수 없다고 판단해서 집을 나갔다.

제길, 배드 엔딩 루트의 피네라면 이럴 수도 있다는 걸 예상했어야지!

나는 자신을 질책하면서 흐린 하늘 아래, 아마도 피네가 있을 왕립 마법 학교로 달려갔다.

환한 미소 짓던 그녀가 다시 괴롭힘을 당해 괴로운 표정으로 쓸쓸히 학교를 떠나는 결말은 용납할 수 없다.

왕립 마법 학교에 도착하니, 정문 앞에 있는 대계단에 학생들이 구름 떼처럼 모여 있었다.

들어가려면 저들 사이를 비집고 들어가야겠는데…….

그러나 여기까지 와서 귀찮다고 돌아갈 수는 없다.

무슨 일이 생기기 전에 피네를 찾아내야 한다.

"흥, 서민이라는 작자들은 자기가 무슨 짓을 했는지도 기억하지 못하는 모양이군!"

그때, 정면에서 《인연야회》를 플레이하면서 들었던 그 캐릭터의 익숙한 목소리가 들려왔다.

반사적으로 계단을 올려다보았다. 게임을 플레이할 때 타이틀 화면에서 수없이 보았던, 아니 어제도 목격했던 《인연야회》의 중심 캐릭터인 공략 대상, 알베리히 아 라크레시아 제2왕자가 찌푸린 얼굴을 하고 있었다. 그는 고개를 잔뜩 수그린 피네에게 소리를 지르고 있었다.

알베리히 왕자의 옆에는 그의 소꿉친구이자 왕국 제일 맹장의 아들이자 무쌍의 창술사인 유진 그라임이 있었다.

최고 궁정 마법사의 아들이자 빛 속성과 어둠 속성을 제외한 모든 속성 마법을 부리는 희대의 천재 마법사, 레콘 알바흐.

오랫동안 왕실 재무상서로서 왕실을 지탱하고 있는 중신의 아들이자 학생 신분으로 복수의 상회를 운영하고 있는 카리스마 경영자 다비트 베누스.

현재 왕립 마법 학교에서 가장 영향력 있는 네 명의 꽃미남, 통칭 '기사 4인방'이 피네에게 적의를 드러내고 있었다.

하지만 그들보다 거슬리는 존재는 기사 4인방과 같이 있는 소녀였다.

메인 히로인과 모든 공략 대상이 한자리에 모인 이례적인 상황. 그런 가운데 강렬한 위화감을 뽐내고 있는 것이 알베리히 왕자에게 바짝 붙어 서 있는 작은 체구에 갈색 머리를 옆으로 묶은 소녀. 바로 '금박 소매'인 '엘리제 링슈타트'였다.

그녀는 공략 대상들을 거느린 채 그들 뒤에 숨어 피네를 내려다보고 있었다.

"넌 엘리제를 못살게 굴었을 뿐만 아니라, 사악하고 더러운 마법으로 우리를 죽이려고 했어. 그 증거를 어떻게 지웠는지는 모르겠지만, 난 너 같은 마녀가 학교에 있는 걸 용서할 수 없다."

알베리히 왕자의 입에서 나온 말은 대부분 배드 엔딩 루트에서 그가 했던 것과 같은 대사였다.

유일하게 다른 것은 엘리제에 대한 언급이다.

"······전 엘리제를 못살게 군 적도 없고, 전하를 다치게 하려고 했던 적도 없어요.”

“엘리제한테 그런 심한 짓을 하고 시치미 떼는 거냐? 이 마녀가!”

피네가 가녀린 목소리로 변명했지만, 유진이 연습용 창 끝으로 바닥을 쾅 내리찍으면서 언성을 높였다.

“엘리제가 교과서와 사물을 도둑맞은 건 틀림없는 사실이야. 그리고 그것들을 훔치는 게 가능했던 건 엘리제와 붙어 다닌 너뿐이지. 물적 증거는 없지만, 범인은 너밖에 없어.”

“자신의 인기를 위해 엘리제의 명예를 깎아내리다니, 비겁하군. 이 학교의 품격을 떨어뜨리는 일이야. 당장 학교를 그만두는 걸 권하지.”

왕립 마법 학교의 최고 권력자인 기사 4인방의 욕설과 비방은 멈출 줄을 몰랐다.

이렇게 되면 어제처럼 억지로 끊어낼 수밖에 없겠군.

“전하. 어쩌면 제가 착각한 걸지도 몰라요. 전하와 여러분에게 상처를 준 진짜 악녀는 피네 말대로 저였을지도 몰라요——.”

“엘리제, 절대 그렇지 않아! 넌 내가 다쳤을 때 열심히 간병해 줬어! 그런 상냥한 네가 악녀일 리 없어!”

진부한 연극의 무대로 변한 대계단에서 죄를 인정하는 척 가식을 떠는 엘리제의 말을 알베리히 왕자가 감정적으로 부정했다. 주변에서 그 광경을 지켜보던 학생들은 피네에게 더 강한 증오와 모멸의 시선을 던졌다.

"그만 인정하는 게 어때! 전부 네가 한 짓—— 앗 차가워?! 뭐야? 비?"

"뭐, 뭐야?! 갑자기 무슨 비야?!"

"으아악, 앞이 안 보일 만큼 퍼붓는다……!"

"엘리제! 건물 안으로 대피하자!"

상공에서 바람 마법과 불 마법, 그리고 물 마법을 동시에 발동시켜 돌발적으로 일으킨 호우로 단죄 쇼는 중단되었다. 기사 4인방과 엘리제, 그리고 구경꾼들이 뿔뿔이 흩어진다.

그리고 나는 피네에게 달려가 그녀의 손을 잡았다.

"피네, 가자."

"앗, 애쉬 님? 여긴 어떻게——."

"어서 일어나."

빗소리에 묻히지 않도록 목청을 높여 피네를 일으켜 세우고, 미끄러져 넘어지지 않도록 주의하면서 계단을 뛰어내려간다.

"……!"

힐끔, 뒤를 돌아보니 엘리제가 우리를 노려보고 있었다. 그러나 지금은 상대할 마음이 없다. 나는 피네를 데리고 내 기숙사 방을 향해 뛰어갔다.

※ ※ ※

“비가 안 그치네⋯⋯.”

기숙사 방으로 뛰어간 나는 창밖 풍경을 바라보며 중얼거렸다.

마법의 효력은 진작 끝났을 텐데, 바깥은 여전히 그녀——피네와 처음 만났던 때처럼 비가 억수같이 내리고 있다. 어쩌면 내가 복합 마법을 쓰지 않았어도 어차피 폭우가 내릴 상황이었는지도 모르겠다.

“⋯⋯왜 절 도와주신 거죠?”

피네가 고개를 숙인 채 나에게 물었다.

“전에도 했던 질문이네. 말했잖아, 그런 꼴은 도무지 놔둘 수 없었다고.”

“그렇군요⋯⋯.”

그 말을 끝으로 우리 사이에는 침묵이 흘렀다.

어, 어쩌지? 뭔가 재미있는 말을 해야 할까? 그런 일을 겪은 참인데 무슨 농담을 한담⋯⋯.

“⋯⋯일단 젖은 몸과 옷을 어떻게든 해야겠군.”

“아니요. 괜찮아요.”

피네는 자신과 내 가슴에 손을 대더니 “블레싱”이라고 읊조린다.

그러자 나와 그녀의 젖은 머리와 옷이 순식간에 마른다. 옷과 머리에서 방금 씻은 것처럼 좋은 냄새까지 난다. 옷 주름이나 헝클어진 머리 모양은 그대로지만.

그렇군, 이래서 뒷골목에서 그 꼴이 되어도 피네에게서 불쾌한 냄새가 나지 않았던 건가.

그녀가 피네 슈타우트인 이상, 그녀가 쓰는 마법의 정체도 뻔하다. 다만, 이야기를 이어가려면 알아도 물어보아야 한다.

"이건 무슨 마법이야?"

"……저만 쓸 수 있다고 들은 '성마법' 중 하나에요. 더러워진 몸을 씻어 주는 '블레싱'이라는 마법이죠."

"특이한 마법이네. 그 성마법과 그 엘리제라는 여자애가 네가 괴롭힘을 당하는 것과 연관이 있어?"

일부러 직설적으로 던진 내 질문에 피네가 움찔했다.

그리고 피네의 눈빛에는 세상을 향한 공포와 분노, 절망, 그리고 단념이 뒤섞여 있었다.

하지만 두려워한다고 문제가 해결되는 것은 아니다.

"대답하기 어려운 모양이네. 그러나 너에게 힘든 질문일지라도, 상황을 바꾸기 위해서는 필요한 일이야. 지금까지 너에게 무슨 일이 있었는지를 알려줘."

나는 피네의 눈을 똑바로 보고 손을 잡으면서 물었다.

피네는 심호흡하고 작게 고개를 끄덕인 뒤, 역시 내 눈을 똑바로 응시하며 입을 열었다.

"……알겠어요. 조금 긴 이야기가 될지도 모르는데, 괜찮아요?"

"응, 괜찮아."

그리고 그녀는 띄엄띄엄 혼잣말처럼 말하기 시작했다.

자신에게 무슨 일이 있었는지. 지금까지 무슨 일을 당했는지. 그리고 엘리제가 피네에게 무슨 짓을 했는지를.

　저에게는 옛날부터 어떤 상처나 병도 단번에 회복시키는 신비한 힘이 있었어요.

　전 처음엔 이 힘이 마법인 줄 알았는데, 사람을 치유하는 마법은 존재하지 않는다는 말을 듣고 이 힘을 더 이해할 수 없게 되었죠.

　하지만 마더 힐다는 "몰라도 돼. 이해 못 해도 돼"라며 "이 힘을 내 허락 없이 사람들 앞에서 쓰면 안 된다"고 충고하셨어요.

　그때 전 어렴풋이 눈치챘죠.

　마더 힐다는 이 힘에 대해서 알고 있다는 것을.

　하지만 마더 힐다는 그때까지 줄곧 절 진심으로 걱정하며 돌봐주셨어요.

　그래서 그녀의 말에는 틀림이 없다고 생각했고, 전 마더 힐다의 말을 순순히 따랐죠.

　힘을 쓰는 건 마더 힐다의 허락이 있고, 거기다 상대가 포션으로도 회복할 수 없는 심한 상태일 때뿐이었어요.

　전 그런 마더 힐다의 가르침을 지키면서 변방의 고아원에서 수많은 동생과 평온하게 지냈어요.

　그런데 3년 전 그날, 전 마더 힐다의 가르침을 어기고 말았어요.

그날, 전 약초를 캐러 산에 갔었어요.

그런데 아침에 일어났을 때는 날씨가 화창했는데 갑자기 번개가 치고 비가 내리기 시작했어요.

하지만 그 산은 어렸을 때부터 자주 오르던 산이라 비바람을 피할 수 있는 안전한 동굴이 근처에 있다는 것을 알고 있었죠. 전 동굴을 찾아가기로 했어요.

그리고 도중에 만나게 되었죠.

황금색 눈과 다갈색 머리카락을 가진, 그리고 낙석에 맞아 고통스러운 표정을 짓고 있는 그분을.

그분의 상처는 매우 심해서 당장 산기슭 마을에 있는 의원으로 옮기지 않으면 목숨을 잃을지도 모르는 상태였어요.

하지만 그런 날씨에 산에서 내려가는 건 위험한 일이라, 저는 그분을 부축해서 동굴로 갔어요.

그리고 동굴에 도착한 저는 그분을 눕히고, 마더 힐다의 허락 없이 '힘'을 썼어요.

빠르게 상처가 회복되는 것을 보고, 그분은 눈이 휘둥그레져서 저에게 물었어요.

'이런 마법은 처음 봐. 무슨 특별한 마법 도구를 쓴 거지? 아니면 어떤 고명한 마법사의 제자인가?'

그분의 질문에 전 숨김없이 이렇게 대답했어요.

"이건 제가 옛날부터 쓰던 힘이에요. 자세한 건 몰라요."

제 대답에 그 사람은 또 한 번 놀랐지만, 그 이상 힘에 관해 묻지 않았어요.

하지만 비가 그쳐 산에서 내려갈 수 있게 되자 이렇게 물으셨죠.

'네 덕분에 살았어. 꼭 보답하고 싶은데, 이름을 가르쳐주지 않을래?'

제 고향에서는 '범죄'가 한 번도 일어난 적이 없고, 고작 술집에서 싸움이 나는 정도였어요.

그래서 전 조심성 없이 이렇게 대답하고 말았죠.

"……피네 슈타우트라고 해요. 하지만 보답은 필요 없어요. 사람으로서 꼭 해야 할 일을 했을 뿐인걸요."

그 대답에 다갈색 머리의 그분은 껄껄 웃으며 '네가 더 궁금해졌는걸'이라고 하셨어요. 그리고 자기 발로 산에서 내려가셨죠.

그리고 1년 뒤, 그런 일이 있었다는 것도 까맣게 잊고 있던 어느 날, 아름다운 백마가 끄는 호화로운 마차가 마을을 찾아왔어요.

그 마차에서 단정한 차림의 사람들이 내리더니 곧장 고아원으로 와서는 마더 힐다에게 "특별 조치로 피네 슈타우트 양을 왕립 마법 학교에 입학시키라는 허락이 떨어졌습니다"라고 말했죠.

마더 힐다는 "감사합니다"라고만 대답하고, 저를 불러서
이렇게 말씀하셨어요.

'왕립 마법 학교에 입학할지 말지는 네가 정하라'고.

전 이 힘으로 더 많은 사람의 목숨을 살릴 수 있다면 그
렇게 하고 싶다고 대답하고, 왕립 마법 학교 입학을 결심
했어요.

그 뒤로는 정말 매일 눈코 뜰 새 없이 바빴어요.

귀족 사회에서 필요한 예의범절과 말투, 수도에서 익혀
야 할 일반 상식, 왕립 마법 학교가 어떤 곳인지 하는 것들
을 배웠죠. 그리고 고향을 떠나는 날이 찾아왔어요.

고아원 아이들과 마을 사람들은 수도로 떠나는 저에게
격려의 말을 건넸지만, 마더 힐다는 슬픈 표정만 지었던
것이 아직도 생각나요.

아무튼 저는 난생처음으로 고향을 떠나 수도에 오게 되
었어요.

번쩍번쩍한 시내와 활기 넘치는 거리, 시골과는 전혀 다
른 풍경에 감탄하면서 '이곳에서 3년간 지내는 거구나' 하
고 의지를 다졌죠.

그리고 기숙사에 도착했는데, 주위 사람들이 이상한 눈
으로 절 쳐다본다는 것을 깨달았어요.

당연하죠. 귀족만 입학하는 왕립 마법 학교에 서민 출신
신입생이 들어왔으니까요.

“네가 피네 슈타우트? 난 엘리제야. 앞으로 잘 부탁해.”

그때, 저에게 스스럼없이 말을 붙여준 것이 엘리제였어요.

엘리제와 저는 금방 친해져서 늘 붙어 다녔죠.

이윽고 전 저의 비밀을 모조리 털어놓을 정도로 그녀를 신뢰하게 되었어요.

한 가지 마음에 걸리는 것은 그녀가 왜 제 일과를 그토록 궁금해하는지였어요.

그날은 어떤 수업을 받는지, 어떤 건물에 가는지, 시내에 나가는지, 기숙사에 언제 돌아가는지.

그녀는 그런 것을 매일 아침 만날 때마다 알려달라고 했어요.

솔직히 말해서, 전 매일 일과를 짜고 행동하는 편이 아니라 어떻게 대답해야 좋을지 곤란했어요.

그래도 ‘오늘은 이런 수업을 듣는다’, ‘내일은 기숙사에 있을 거다’ 등 대략적인 예정을 알려줬고, 그녀는 ‘오늘은 이런 수업을 듣는 게 좋아’, ‘내일은 시내에 나가는 게 좋아’라고 대답했어요.

정말 바보 같은 이야기지만, 그 무렵 엘리제는 늘 절 친절하게 대해 줬기 때문에 전 그녀의 말을 믿고 그대로 계획을 세웠죠.

엘리제가 제가 없는 곳에서 구체적으로 무슨 짓을 했는지는 몰라요.

제가 아는 것은 그녀가 회복 포션을 대량으로 보관하던 것과 알베리히 왕자 전하의 일행이 다쳤을 때 그것으로 치료한 것.

그리고 '피네 슈타우트는 엘리제 링슈타트를 사악한 마법으로 협박하고 있다'는 소문을 학교 내에 퍼트렸다는 것이었어요.

제가 마침내 사태를 파악한 것은 2학년 때였는데, 그때는 이미 저를 향한 전교생의 시선에 경멸과 증오가 담겨 있었어요. '창녀', '악녀', '마녀'라고 욕하고, 때로는 교과서가 없어지기도 하고, 머리에 물을 들이붓기도 했죠.

전 필사적으로 해명했어요.

난 엘리제에게 그런 짓을 하지 않았다. 애초에 사악한 마법 같은 건 알지도 못하고, 쓸 줄도 모른다고.

하지만 제 말을 믿어 주는 사람은 아무도 없었고, 해명은 오히려 제 입장을 더 악화시켰어요.

결정타가 된 것은 2학년이 되고 나서 몇 번쯤 받았던 야외 전투 훈련이었어요.

야외 전투 훈련은 아시다시피 기초 전투를 습득하기 위한, 그리고 2학년이 된 학생들의 레벨을 올리기 위해서 하는 마물 토벌이죠.

훈련에는 궁정 마법사와 기사들이 경호로 따라가고, 반 단위로 마물 한 마리와 싸우게 되어 있어서 웬만해서는 학생들이 다치는 일이 없어요.

하지만 그런데도 우리 반 학생들은 매우 아슬아슬하게 싸웠어요.

전 고아원 아이들을 지키기 위해 마을 근방에 출현하는 마물들과 싸운 경험이 있었지만, 왕립 마법 학교의 다른 학생들은 사람이 아닌 존재와 실전에서 싸우는 데는 서툰 것 같았어요.

그래서 크게 다치는 일만은 없도록, 유일하게 저만이 구사할 수 있는 '방어의 가호'라는 마법을 걸었죠.

……그리고 그것이 나락의 시작이 되었어요.

전투가 끝난 뒤, 같은 야외 전투 훈련에 참여했던 사람들은 불쾌한 표정으로 저를 에워싸고 이렇게 말했어요.

"너, 우리한테 뭘 한 거야?"

"네가 보낸 그 이상한 빛, 우리를 마물의 손에 죽게 하려 했지?!"

전 필사적으로 해명했어요.

그건 제 마법 중 하나인 '방어의 가호'이고, 결코 여러분을 위험에 빠뜨리기 위해 한 것이 아니라고요.

"방어의 가호? 공격 이외에 타인에게 간섭하는 마법은 들은 적도 없어."

"역시 우리를 속이려는 거지!"

"애초에 우리는 너 같은 서민이 걱정할 정도로 약하지

않아.”

제 말을 들어주는 사람은 아무도 없었고, 알베리히 전하는 불쾌한 눈으로 저를 보면서 이렇게 말씀하셨어요.

“──재수 없게. 다시는 우리 앞에서 그 역겨운 힘을 쓰지 마라.”

그때의 절망감과 고통, 제 모든 걸 부정당한 느낌은 아직도 잊을 수가 없어요.

그로부터 며칠 뒤, 전 상급 귀족만 출입할 수 있는 살롱으로 불려 갔어요. 알베리히 전하, 그라임 님, 알바흐 님, 베누스 님, 그리고 엘리제가 저를 에워쌌죠.

알베리히 전하가 겁먹은 연기를 하는 엘리제를 보호하듯이 감싸면서 느닷없이 저에게 “역시 너였어? 이 마녀!”라고 하셨어요.

이어서 나머지 세 분도 불처럼 화를 내며 절 비난하셨죠.

그리고 알베리히 전하는 이렇게 말씀하셨어요.

“우리한테 위해를 가하려고 했던 것, 엘리제에게 지금까지 했던 만행, 절대 용서하지 않겠어. 악녀 피네, 반드시 널 이 학교에서 내쫓고 말겠어.”

순간 전 제가 무슨 말을 들은 건지 이해할 수 없었어요.

전하에게 위해를? 엘리제에게 만행이라니? 학교에서 추방하겠다고? 이게 다 무슨 말이지?

전 머릿속에 떠오른 생각에 혼란스러워하면서도, 엘리제

가 이건 장난이라고 말해 주기를 기대하면서 "장난이죠?"라고 말했어요.

그 발언은 네 분의 분노에 기름을 끼얹은 꼴이 되었고, 그분들은 더욱 화를 내며 이렇게 말씀하셨어요.

"아직도 그런 꼴사나운 변명을 하는 거야? 순순히 인정하지 않으면 너 같은 악녀를 길러낸 고아원도 없어질 줄 알아."

그라임 님이 그렇게 말했을 때, 제 뇌리를 스친 것은 저를 따르는 수많은 동생, 그리고 늘 다정하게 웃어 주시는 마더 힐다의 얼굴이었어요.

그 따뜻한 곳이 없어진다?

그것을 이해한 저는 필사적으로 성여신님께 걸고 그런 짓은 하지 않았다고 호소했지요.

하지만 전하는 제 호소를 듣지 않고, 당장 학교를 떠나라고 재차 명령하셨어요.

그 이후는 잘 기억나지 않아요.

아마 쇼크로 곧장 학교를 떠났겠죠.

정신을 차렸을 때는 수도 뒷골목에 있었어요.

그때 전 이미 체력도 기력도 소진되어 마법으로 제 몸에 묻은 흙먼지를 털어낼 힘도 없었어요.

이제 어쩌면 좋을지 알 수 없었어요.

이대로 퇴학당하면 제 꿈은 이룰 수 없게 돼요. 하지만 학교에 남아 있으면 고향 사람들이 어떻게 될지 알 수 없죠.

　전 어둠 속에 웅크리고 앉아 기척을 숨긴 채 흐느껴 우는 것밖에 할 수 없었어요. 그리고 그 눈물도 말라, 세상에 절망하게 되었을 때였죠.

　"이봐, 이런 곳에 있으면 감기 걸려."

　그렇게 진심으로 걱정스럽게 말을 걸어준 사람이 나타났어요.

※　※　※

　피네가 이야기를 마쳤을 무렵에는 비가 그치고 해가 저물어 도시의 붉은 빛이 창을 통해 방 안으로 들어오고 있었다.

　"……죄송해요. 겨우 이런 이야기를 하는데 이렇게 시간을 잡아먹어서."

　"아니야, 잘 들었어. 힘든 얘기 들려줘서 고마워."

　피네는 작게 "감사합니다"라고 말했지만, 어두운 표정으로 고개를 숙이고 있다.

　본인 입으로 저 우울한 시나리오를 말한 것이다. 듣기만 한 나도 속이 불편할 정도였다.

　하지만 이제 듣고 싶은 것은 다 들었다.

　우선 마더 힐다가 피네에게 힘—— '성마법'을 사람들 앞에서 쓰지 말라고 당부한 것은 성녀로서 마왕과 싸우는 운명에 내던져지는 것을 피하기 위해서일 것이다.

마더 힐다는 일찍이 이 세계 최대 종교인 '성여신교'에서 최고위 사제였던 인물로, 그녀가 빛의 성녀임을 알고 있었다는 내용이 역하렘 루트 종반에서 나온다.

그리고 피네가 산에서 구한 다갈색 머리의 남자는 아마 엘제스 왕태자일 것이다.

모험에 관해서는 대해서는 공통 루트 종반, 시기로 따지면 2학년 2학기쯤에 피네가 서민 신분으로 알베리히 일행과 사이좋게 지내는 것을 질투한 일부 상급 귀족 자제들이 "피네 슈타우트의 왕립 마법 학교 입학추천장은 그녀가 가진 수상한 힘으로 위조된 것이다"라는 유언비어를 퍼트리는 이벤트에 나오는 상황이다.

피네와 공략 대상 캐릭터는 그것을 불식시키기 위해 분투하는데, 벼랑 끝까지 내몰렸던 그녀를 구하는 사람이 바로 엘제스이다.

엘제스는 전에 자신이 산에서 목숨을 잃을 뻔했을 때 피네가 구해준 것, 그리고 그녀가 가진 힘이 빛의 성녀밖에 쓸 수 없는 성마법이라고 고백한다.

즉 정황상 피네가 과거에 구한 남자는 엘제스가 확실하다.

그렇다면 이 상황의 가장 큰 문제는 엘리제다.

그녀는 고향을 떠나 온통 낯선 사람들뿐인, 심지어 귀족의 자녀들에게 둘러싸인 특수한 환경에서 고립될 뻔했던 피네에게 친절을 베풀어 피네의 신뢰를 얻었다. 여기까지는 문제없다.

그러나 엘리제는 피네의 그날 스케줄을 캐묻고, 그녀의 행동을 유도하고, 포션을 대량 확보하여 알베리히 전하 일행의 상처를 치유했다고 한다.

……내 추측이지만, 엘리제는《인연야회》본편에서 피네가 취했던 행동을 그대로 따라 하고 있다. 피네와 공략 대상 캐릭터의 교류는 모두 성녀의 힘으로 상처나 질병을 치유하면서 시작한다.

엘리제는 포션으로 이 역할을 대행해 피네의 자리를 빼앗았다.

스케줄을 캐물은 것도 의도가 명확하다. 피네의 하루 스케줄을 파악하고 알베리히 왕자 일행과 최대한 마주치지 못하게 유도한 거다. 당연히 피네는 친밀도를 쌓을 수 없게 된다.

그러나 피네는 엘리제를 신뢰했다. 아니, 그녀에게 가스라이팅을 당하고 있어서 엘리제를 의심조차 하지 않았다.

아직 증거는 없지만, 이 모든 게 사실이라면 엘리제라는 여자는 참 대단한 인물이다.

피네의 마음에 파고들어 그녀를 지배하고, 그렇게 함으로써 공략 대상 캐릭터들까지 쥐락펴락하고 있다.

미래를 아는 게 아니고서야, 일개 등장인물이 이렇게까지 상황을 조정할 수는 없다. 제일 먼저 떠오르는 가능성은 상대가 나처럼 《인연야회》의 시나리오를 아는 상황, 즉 전생자인 경우다.

그렇다면 엘리제와 나의 싸움은 상대방보다 게임 지식이 있는가가 관건이겠군.

"저기……."

머릿속으로 엘리제와의 싸움을 상정하며 작전을 짜고 있는데, 피네가 우물쭈물 말을 걸었다.

"왜?"

"역시 더 이상 애쉬 님에게 폐를 끼칠 수는 없어요. 저는 여길 나갈게요."

"나가서 뭘 어쩌려고?"

"그건…… 모르겠어요. 하지만 제가 이곳이 있으면 애쉬 님에게도 악영향이 미칠 거예요."

피네는 이렇게 말하고 진심으로 미안하다는 듯 고개를 숙이면서 방을 나가기 위해 일어서려고 했다.

"이 싸움을, 이렇게 끝낼 거야?"

"!"

"엘리제한테 당할 만큼 당하고 비참하게, 아무것도 얻은 것 없이 물러나는 게 너의 바람이냐고."

나는 피네를 자극했다.

“……그럴 리 없잖아요! 하지만! 달리 무슨 수가 있어요?! 고아원을 지키고 결백을 증명할 방법이 전……!”

피네는 감정적으로 나에게 소리를 지른 뒤, 나에게 분풀이한 것이 미안해졌는지 작은 목소리로 “죄송해요”라고 중얼거린다.

“좋아. 아직 완전히 꺾인 건 아닌 모양이네.”

“……네?”

“넌 이 상황에서 순순히 물러나고 싶지 않지? 그럼 길은 하나야. 적들과 싸운다. 모든 건 이기느냐 지느냐에 달려 있어.”

“이기느냐 지느냐…….”

“피네 슈타우트, 네 입으로 직접 말해 봐. 이대로 물러날래? 아니면 싸우고, 저항하고, 이길래?”

피네는 내 말을 듣고 말없이 한동안 고민하더니 이윽고 각오를 굳힌 표정으로 이렇게 말했다.

“……싸우고 싶어요. 물러나고 싶지 않아요. 이기고 싶어요.”

“좋아. 그러면 결백을 증명하고, 엘리제에게 인과응보가 무엇인지를 보여주자. 내가 널 승리로 이끌어줄게.”

나는 피네에게 손을 내밀었다.

변명을 계속하며 학교에 계속 다녔던 것을 봐도 피네는 포기할 마음이 없었다. 그저 반격의 계기가 부족했을 뿐.

나는 그녀가 내디딜 발판만 보여주면 된다.

"정말, 할 수 있을까요?"

"물론."

"더 이상 비참하지 않아도 되는 거죠?"

"그래."

"애쉬 님을 믿어도 되죠?"

"날 믿어. 믿고 따라와."

그 말을 들은 피네는 눈물을 뚝뚝 흘리면서 나에게 와락 안긴다.

"……부탁드려요! 절, 절 도와주세요……!"

나는 피네를 꼭 안고 등을 쓰다듬으면서 그녀에게 더 강한 믿음을 주고자 힘주어 말한다.

"약속할게. 피네, 널 비참한 굴욕에서 해방해 주겠다고."

※ ※ ※

"오, 이틀 만이네, 애쉬."

"이틀…… 생각해보니 그렇네."

다음 날, 왕립 마법 학교에 나온 나는 교실에서 이안과 만났다.

참고로 피네는 어제 일이 있으니, 오늘은 내 저택에서 쉬라고 했다. 그런 일을 당한 직후에 등교하기는 힘들 것이다.

나도 엘리제를 꺾으려면 혼자 다니며 정보를 모아야 한다.

"그런데…… 왜 다들 날 피하는 거 같지?"

"학생 식당에서 '금박 소매'를 들이받은 걸 벌써 잊어버렸냐?"

아, 하긴. '금박 소매'를 상대로 덤빈 '민무늬 소매', 그것도 준남작가의 차남과 어울리고 싶은 놈은 없겠지.

뭐 학교에서는 원래부터 친구라고 부를 만한 상대가 이 안밖에 없었으니 상관없지만.

"그런데 애쉬, 최근 수업을 땡땡이치는 일이 많다? 이 아버지는 걱정이구나."

"누가 아버지야? 그러고 보니 어제 비가 엄청나게 내렸는데, 별일 없었어?"

"말도 마라. 야외 수업은 중지되고, 비가 그치자마자 휴교한다고 모두 집으로 보냈다. 하긴 곧 장마철이라고 해도, 벌써 그런 집중호우가 내리는 건 드문 일이었지."

다행히 아무도 내가 마법을 쓴 건 모르는 모양이다. 학생 식당 사건으로 기피당하는 사소한 오류가 있지만, 그 정도는 계획에 지장 없다.

"야, 요전에 엘리제가 중정에서 알베리히 전하하고 꽁냥댔던 거 말이야, 그 둘 매일 그러냐?"

"정원 근처를 지날 때마다 보긴 하지만, 상대가 알베리히 전하만 있는 건 아니야."

"그럼?"

"기사 4인방과 요일별로 그러고 있어. 소위 역하렘이라고 하지."

"뭐?"

왕자와 약혼을 발표해 놓고 바람을 피워? 제정신인가?

"그럼 기사 4인방들끼리 전부 라이벌 관계야?"

"그건 또 아니래. 동시 약혼이라나 뭐라나? 어지간히 사이가 좋은가 봐. 제2왕자 전하의 권한으로 그렇게 했다고 하던데."

만약 나에게 《인연야회》의 지식이 없었다면 "뭔 헛소리야?"라고 말했을 것이다.

그러나 나는 그 전개를 알고 있다. 게다가 동시에 약혼한 사람이 그 네 사람이라고 생각하면 이 이상한 상황이 특히 더 이해가 간다.

엘리제와 약혼한 그 네 명의 꽃미남은 《인연야회》의 공략 대상이다.

그리고 진엔딩인 역하렘 루트에서는 논의 끝에 알베리히 왕자가 자신의 권한과 지위를 이용해서 4인 동시 약혼을 관철하는 전개가 나온다.

즉, 피네의 자리를 강탈한 엘리제는 게임의 역하렘 루트를 따라가고 있다.

이러면 그녀에게 《인연야회》의 게임 지식이 있는 건 확실하다고 봐야겠군.

이제 엘리제의 '악의'를 알 수 있는 '증거'만 찾으면 된다.

"엘리제를 어딜 가면 만날 수 있을까?"

내가 이렇게 묻자, 이안은 잠시 생각하더니 주위를 두리번거리며 목소리를 낮춰서 이렇게 말했다.

"왜 굳이 만나려 하는지 모르겠다만, 학생 식당에 가봐. 매일 점심 전에 거기서 '수제 도시락'을 사는 거 같으니까."

"그렇군."

사랑은 사람을 현혹한다고 하지만, 이 정도라니. 그 기사 4인방이 학생 식당에서 주먹밥과 샌드위치를 푼돈에 팔고 있다는 사실을 모를 가능성도 있지만.

아무튼 엘리제와 접촉할 방법을 알아냈다. 당장 시도해봐야지.

"거기, 슬슬 수업 준비해야지!"

"네——!"

나는 1교시 수업을 준비하면서 엘리제와 어떤 대화를 나눌지 생각했다.

"……계란 샌드위치는 전에 유진한테 줬었는데. 여기는 메뉴가 너무 뻔하다니까."

점심 전.

학생 식당 진열장에 진열된 주먹밥과 샌드위치 앞에서 홀로 고뇌에 빠진 소녀가 있었다.

자그마한 체구에 갈색 머리를 한쪽 옆으로 묶은 '금박 소매' 여학생. 틀림없다. 피녜를 비난하던 기사 4인방과 같이 있었던 여학생, 엘리제다.

"실례합니다. 혹시 엘리제 링슈타트 양이신가요?"

"엣?! 아, 아아! 그런데?!"

내가 말을 걸자, 엘리제는 몹시 당황하며 대답했다.

"역시 그러시군요! 어제 알베리히 전하와 같이 있던 분을 닮았다 싶어서. 제2왕자 전하와의 약혼, 축하드립니다!"

"어머, 고마워. 너 같은 사람에게도 축하받으니 기쁘네. 혹시 그 폭우도 그걸 축하하는 거였니?"

흠, 내 마법이었던 걸 눈치챘군. 그러나 끝까지 잡아뗐다.

"죄송합니다. 익힌 마법을 연습하다가 폭발하는 바람에. 절대 당신에게 위해를 가할 생각은……."

"정말? 내 눈엔 네가 그 쓰레기를 두둔하는 것처럼 보이던데?"

"그렇지 않습니다! 엘리제 양은 '민무늬 소매'의 신분에서 알베리히 전하의 약혼자가 되신 분. 소위 '민무늬 소매'의 희망 아니십니까. 우리 사이에서는 '신데렐라'나 '카구야히메'라고 소문이 자자합니다!"

"신데렐라? 후훗, 듣기 나쁘진 않네!"

엘리제는 내 칭찬에 기분이 좋아져서 우쭐해졌는지 벌써 허점을 보였다. 좋아, 이참에 최대한 정보를 끌어내 보자.

"그런데 알베리히 전하와 어떻게 친해지신 건지, 후학을 위해 여쭤봐도 되겠습니까?"

"글쎄, 전하와 친해진 건…… 친절하게도 선례를 보여준 아이가 있어서?"

"선례요? 구체적으로 무슨 뜻인지?"

"미안. 어차피 넌 이해 못 할 말이라 설명 못 하겠네."

"……그렇습니까? 아쉽군요. 그러고 보니 피네라는 평민에게 괴롭힘을 당하셨다던데, 괜찮으신지요?"

"그 문제는 알베리히 전하가 교장 선생님과 상담해서 내일 전부 해결해 주실 예정이니까 괜찮아. 그 애는 퇴학통지서를 받고 정식으로 이 학교를 떠나게 될 거야."

"그렇군요. 안심입니다. 참고로 피네한테는 무슨 계기로 괴롭힘을 당하셨습니까?"

"말하자면 길지. 그 애는 나와 알베리히 전하가 친해지자, 그것을 질투해서 악성 유언비어를 퍼트렸어. 그게 점점 심해지더니 내 소지품을 훔치기도 하고 망가뜨리기도 하고……."

엘리제는 두 손으로 얼굴을 감싸고, 자신이 얼마나 심한 짓을 당했는지 어필한다.

"그렇군요, 참 힘드셨겠어요."

나는 엘리제를 동정하면서 이렇게 말하고, 그녀와 거리를 둔다.

"아, 시간을 빼앗아서 죄송합니다. 엘리제 양의 사랑을 응원하겠습니다."

"괜찮아. 응원 고마워."

나는 엘리제와 헤어져 곧장 학생 식당으로 향한다.

이것으로 확실해졌다. 그녀는 나와 같은 전생자다.

이 세계에 '신데렐라'나 '카구야히메'는 존재하지 않는다. 비슷한 이야기는 있을지 모르지만.

만약 이 세계에서 태어난 순수한 사람이라면 '신데렐라'나 '카구야히메'라는 이름을 듣고 '그게 뭔데?'라고 반응했을 것이다. 그러나 엘리제는 의문을 표하기는커녕 오히려 기분이 좋아졌다.

그리고 제2왕자와 친해진 게 친절한 아이가 선례를 보여줬기 때문이라고 했는데, 그건 아마 《인연야회》 본편을 가리키는 것일 테다.

아무튼 이로써 엘리제와는 거리낌이 없이 적대할 수 있다. 철저하게 짓밟을 수 있게 되었다.

나는 일주일간의 학사일정이 적힌 달력을 확인한 뒤 교실로 돌아가 그날의 수업을 다 들었다.

"피네, 내일은 최대한 꼭 붙어서 등교하자."

“네…….”

방과 후, 나는 저택으로 돌아오자마자 피네에게 이렇게 말했다.

“내일 엘리제가 너한테 최후통첩을 보낼 거야.”

“최후통첩이요? 그게 뭔데요……?”

“널 왕립 마법 학교에서 강제 퇴학시키겠대. 엘리제 본인이 그렇게 말했으니, 틀림없겠지.”

“가, 강제 퇴학이요?!”

배드 엔딩 루트의 핵심은 피네가 퇴학통지서에 강제로 사인하는 장면이다. 다만 이건 게임 내 시간상 아직 한참 뒤의 이벤트다. 엘리제는 그 이벤트를 억지로 앞당길 생각이다.

피네가 자진 퇴학한다면 모를까, 퇴학통지서를 통한 협박이라면 우리에게도 기회가 있다.

“나는 퇴학통지서에 적혀 있는 내용이 거짓이라고 사람들한테 호소할 거야. 그리고 너는 사악한 마법을 부리지 않았고, 엘리제를 악질적으로 괴롭히지도 않았다는 것을 증명하게 될 거고. 바로 결투로.”

이 나라에서 결투란 아주 중대한 사안이다. 이번 같이 결정에 불복할 때는, 자신의 모든 걸 걸고 결투에 나서서 승리하면 결과를 바꿀 수 있다. 그리고 합당한 이유 없이 결투 제의를 거절하면 그 사람의 품위는 땅에 떨어진다.

"하, 하지만 알베리히 전하 일행은 현직 기사와 궁정 마법사도 인정하는 실력자들이에요. 그런 분들을 상대로 어떻게……?"

확실히, 《인연야회》에서 알베리히 일행은 레벨 1부터 엑스트라의 레벨 5에 상당하는 스테이터스 수치를 가지고 있다.

그리고 지금은 2학년에 진급하고 몇 주가 지난 시기다. 적극적으로 경험치 사냥 작업을 하지 않았다면 대략 레벨 10 (실질 스테이터스는 레벨 20에 상당) 언저리일 것이다.

물론 조건은 피네도 같지만, 그녀는 이 세계에서 유일한 힐러 겸 버퍼라서 전투력이 떨어진다. 혼자 싸우게 두면 필패다. 그러니 당연히 나도 함께 싸울 거다.

하지만 이 결투는 피네의 결백을 증명하기 위한 것이다. 그녀도 조금은 나서야 할 필요가 있다.

"물론 결투 전까지 넌 엄청난 노력을 해야 해. 그럴 각오는 되어 있겠지?"

"……네. 제가 할 수 있는 것이라면 무엇이든지 할게요."

피네는 결의에 찬 표정으로 고개를 끄덕인다.

"알았어. 그럼 피네 너는——."

나는 결투 당일을 대비한 준비와 작전 회의를 진행했다.

이야기를 마쳤을 때는 동이 트고 있었지만, 우리는 졸리지도 않았고 피곤하지도 않았다.

“그러면 작전대로 하는 거야.”

“네!”

우리는 녀석들에게 결투를 신청하기 위해 저택을 나섰다.

※ ※ ※

“징글징글하게 또 왔군. 질리지도 않나?”

피네와 등교하자마자 정문에서 ‘유진 그라임’이 시비를 걸었다.

알베리히 일행을 비롯한 ‘금박 소매’들이 사방을 에워쌌다. 아마 피네를 철저하게 모욕하기 위해 전날부터 미리 준비한 것이리라.

그러나 피네는 겁먹지 않고 강한 의지가 담긴 눈빛으로 유진을 말없이 쏘아보았다.

“윽, 무슨 눈빛이…….”

“뭘 겁먹은 거야, 유진? 저리 비켜. 악녀는 내가 처리하지!”

피네의 눈빛에 겁을 먹은 유진이 슬금슬금 물러서자, 대신 알베리히가 그녀의 앞에 나섰다.

“피네 슈타우트. 넌 사악한 마법으로 학생들의 목숨을 위험에 빠뜨렸을 뿐만 아니라, 유언비어를 퍼트려 엘리제 링슈타트를 반복적으로 괴롭혔어. 그리고 그런 악행의 증거를 내밀어도 인정하지 않았지. 너 같은 악녀는 왕립 마법 학교의 품위를 떨어뜨리지. 따라서 피네 슈타우트, 너에게 강제 퇴학을 명한다.”

알베리히가 퇴학통지서를 내밀자, 구경꾼들이 술렁거린다.

“……그게 절 퇴학시키는 이유인가요?”

“그래. 그게 뭐?”

피네가 내게 시선을 던졌다.

──시작해.

“전 그거야말로 악성 유언비어라고 선언하겠어요. 그리고 그것을 증명하기 위해 전하에게 결투를 신청합니다!”

“뭐? 결투?”

“하하, 어이가 없네! 종합시험 최상위권인 우리를 상대로 결투한다고?”

피네의 결투 선언에 알베리히 일행이 흠칫했으나, 이내 비웃음이 흘러나왔다.

“거기다 우리는 네 명이야. 아무리 사악한 마법을 부릴 줄 알아도 너 혼자서 이길 수 있을 리──.”

“그러면 제가 피네 양과 같이 싸우도록 하죠.”

그때 내가 알베리히의 말을 끊으며 손을 들고 피네와 함께 싸우겠다고 선언했다. 그리고 구경꾼들의 사이를 헤치고 그녀의 옆에 섰다.

“넌 누구지?”

알베리히는 더욱 험악한 표정이 되었다.

당연한 반응이다. 갑자기 이 일과 아무런 상관도 없는 하급 귀족이 자기 말을 끊고 건방지게 나섰으니.

나는 그들의 태도를 무시하고 입을 열었다.

"레벤가의 차남 애쉬 레벤이라고 합니다."

"레벤? 처음 듣는 가문인데."

"그러실 겁니다. 레벤가는 대단한 공적도 없는 하급 중의 하급 귀족이거든요."

나는 일부러 당당한 태도로 알베리히에게 대꾸했다.

"이 결투에 이름을 올리는 게 무엇을 의미하는지 알고 있나?"

"물론이죠."

내가 망설임 없이 대답하자 제2왕자가 부득부득 이를 갈았다.

——그리고 그의 뒤에 숨어 있던 엘리제는 나를 보고는 '네가 왜?' 하는 당혹감과 '주제넘게'라는 불쾌감을 표정에 내비쳤다.

"결투는 우리 넷과 너희 둘이 한다. 정말 그래도 상관없나?"

레콘이 나와 피네에게 재차 확인했다.

"……네, 좋아요."

"예, 동의합니다. 오히려 제가 묻고 싶군요. 정말 네 분으로 충분하겠습니까? 제가 보기에는 엘리제 양도 끼는 게 좋을 것 같군요.”

“하, 이깟 일에 엘리제가 나설 것도 없지!”

내가 도발하듯 엘리제의 참가를 제안하자 알베리히 왕자 일행의 얼굴에 분노가 서린다.

“저희의 요구는 전하께서 ‘피네가 전하와 일행분들의 목숨을 위협하고 엘리제 링슈타트 양을 괴롭혔다는 소문은 허위이며, 퇴학 통지가 부당했음을 인정하고 그녀에게 사죄, 두 번 다시 그녀와 그녀의 관계인들에게 위해를 가하지 않을 것’입니다. 전하의 요구는 어찌하시겠습니까?”

“피네 슈타우트, 그리고 애쉬 레벤! 네놈들이 내 눈앞에서 사라지는 것이다! 우리가 이기면 너희를 이 나라에서 영원히 추방할 것이다!”

즉 학원을 넘어 이 라크레시아 왕국에서 영구 추방하겠다는 거군?

“좋습니다. 그렇게 하시죠.”

“좋아. 지고 나서 자비를 기대하지 마라.”

“예, 그러시지요. 피네도 동의하지?”

“네. 애초에 질 생각은 없거든요.”

피네의 이 말에 가장 노골적으로 반응한 것은 알베리히 왕자의 그늘에 숨어 있던 엘리제였다.

그녀는 손톱을 잘근잘근 씹으면서 작은 목소리로 “힘들게 여기까지 왔는데……!” 하고 적개심을 드러냈다.

뭐, 이건 시작에 불과하다. 아직 그녀에게 줄 선물이 가득 남아있다.

"마지막이 될 테니 최소의 자비는 베풀어 주지. 결투 일시를 고해라. 물론 졸업식까지 질질 끌 생각은 말고."

"일주일 뒤로 하시죠."

"……좋아. 그러면 일주일 뒤에 학교 콜로세움에서 너희를 철저히 짓밟아 주마."

알베리히는 이렇게 대답한 뒤, 씩씩거리면서 공략 대상들과 엘리제를 데리고 건물로 향했다.

나도 구경꾼들을 뒤로하고 피네와 함께 왕립 마법 학교 정문을 당당하게 통과했다.

"야, 애쉬! 너 미쳤어?!"

일주일간의 휴학 신청 수속을 마치고 교무실에서 나오자, 이안이 당황한 얼굴로 나에게 따졌다.

"아, 소식 들었어?"

"그것 말고 뭐가 있냐! 어쩌자고 그런 거야?! 그 기사 4인방한테 무슨 수로 이겨?! 아니, 애초에 왜 네가 피네의 편을 드는데?!"

이안의 쩌렁쩌렁한 목소리는 당연히 우리로부터 거리를 두고 있던 주위 학생들의 귀에도 닿는다. 그들의 시선이 일제히 이쪽을 향했다.

내가 그들의 입장이었대도 똑같이 했을 테니 개의치 않기로 했다.

"걱정하지 마. 내가 이길 거니까. 난 지는 시합은 안 하는 사람이야."

그 말에 하급 귀족들이 "오오……!" 하고 감탄했다. 물론 "미친놈" 소리도 적잖이 들렸지만.

"대체 뭘 믿고 그러는 건데? 그 네 명은 모두 근위 기사와 궁정 마법사도 인정하는 천재들이라고! 네 실력이 어떻든, 그 넷을 한꺼번에 상대하는 건——."

"나도 다 알아. 그래도 내가 이겨."

"아 진짜 미치겠네! 대체 피네가 뭐라고 그렇게 감싸고 드는데! 그 애 소문이 어떤지 진짜 몰라?!"

……흠, 이건 뭐라고 대답하지?

아직은 피네가 부당한 협박과 모함을 받았다고 얘기할 타이밍이 아니다.

"그냥 관심 있어서?"

"그게 무슨——!"

"미안, 나 지금 바빠서. 자세한 이야기는 결투가 끝난 다음에 하자. 아, 혹시 내기할 거면 나한테 걸어."

이미 잔은 엎질러졌다.

이제 남은 일주일 동안은 오로지 승리를 위한 준비를 할 뿐이다.

나는 할 말을 잃어버린 이안을 놔두고 다음 작전에 착수
했다.

수도에서 가장 가까운 던전인 '망루 유적지'. 피네와의
합류 지점이자, 이번 작전의 키 아이템이 잠든 곳이다.

던전 '망루 유적지'.

스토리 중반에 해금되는 지하 20층짜리 던전으로, 다른 곳에 비해 경험치를 많이 준다.

플레이어들은 게임을 공략하다 막히면 이곳에 틀어박혀서 레벨을 올리곤 했다.

"이얍!"

'그걸 여기 와서 또 하게 될 줄은 꿈에도 몰랐지만.'

내가 빌려준 검으로 피네가 몬스터를 일격에 쓰러뜨리는 모습을 보고 있으니, 속에서 그런 감상이 피어올랐다.

나는 시계로 시각을 확인하며 물었다.

"피네, 지금 레벨 몇이야?"

"잠깐만요…… 34네요."

피네는 자신의 스테이터스를 확인하더니 다소 아쉬운 투로 대답했다.

이 던전에 들어오기 전에 나는 피네에게 "최소한 레벨 30대 중반, 가능하면 40까지 올려야 해"라고 말했었다.

그리고 오늘은 던전에 들어온 지 5일째.

40에는 못 미쳤지만, 안전을 고려해 던전 초입 부근 몬스터만 쓰러뜨린 것치고는 좋은 성적이었다.

"저기, 또 같은 질문이지만, 제가 이 검을 써도 정말 괜찮을까요? 위력도 그렇고, 경험치 보너스도 그렇고, 제가 쓰기에는 너무 과분한 것 같은데……."

"전에도 말했지만 그렇게 대단한 검은 아니니까 신경 쓰지 마. 막 쓰다가 망가져도 금방 다시 구할 수 있어."

《인연야회》는 2회차부터 수도 지하에 '비밀 영역'이라 불리는 고난도 던전이 해금된다.

거기에는 잔챙이처럼 생겼는데도 스테이터스는 최종 보스를 능가하는 괴물들이 활보하는데, 일정 시간 동안 몬스터와 조우율을 0%로 만드는 '마물 회피 부적'이 없으면 1분도 버틸 수 없는 마경이다.

대신 어려운 만큼 보상도 좋다. 이곳에서는 고가의 치유 아이템인 '그레이트 포션'과 시나리오 보상보다 강력한 무기가 나오는 보물 상자가 랜덤으로 출현하는데, 이 상자는 몇 번이든 획득할 수 있다.

지금 피네가 양손에 하나씩 든 검도 거기서 가져온 거다. 외관은 무기 상점에서 파는 싸구려랑 비슷하지만, 저래 보여도 획득 경험치를 증폭시키는 효과가 있다. 공략사이트에서도 최고 레벨 달성을 노린다면 필수 장비라고 못 박을 정도다.

나는 '마물 회피 부적'을 대량 구입해서 어렸을 때부터 '비밀 영역'에 들어가 희귀 아이템이나 무기를 획득한 뒤,

필요 없는 것은 즉시 팔고, 쓸 만한 무기는 가지고 있다가 가까운 던전에서 레벨을 올릴 때 사용했다. 그리고 다시 '비밀 영역'에 들어가 아이템을 획득하기를 반복해 왔다. 그 덕분에 피네가 가지고 있는 무기는 저택 창고에 수두룩할 정도로 여분이 많이 있다. 설령 여분이 전부 망가져도 다시 '비밀 영역'에서 보충하면 그만이다.

"뭐라고 하셨어요?"

"아무것도 아니야. 그보다 이미 날이 저물었으니까, 이만 돌아가자."

이 던전에 출몰하는 몬스터 일부는 야간에 강해지는 특성이 있다. 지금 피네 레벨이라면 그래도 어렵지 않지만, 어둠 속에서 기습당하면 어떻게 될지 알 수 없다. 그래서 슬슬 돌아가려고 했는데.

"······여기서 좀 더 해볼게요."

피네가 레벨업을 계속하겠다고 고집을 부렸다.

"첫날에 설명했잖아. 이 던전에는——."

"그건 알아요. 하지만 저는 힘이 더 필요해요——."

피네는 초조함을 내비치며 레벨업을 계속하고 싶다고 주장했다.

그러나 내 대답은 바뀌지 않는다.

"안돼. 그렇게 집중력이 없는 상태에서 싸웠다가는 무슨 사고가 날지 몰라. 얌전히 여관으로 돌아가 쉬어."

“──알겠어요. 제멋대로 굴어서 죄송해요.”

피네는 못마땅한 기색이지만, 검을 칼집에 집어넣고 고개를 숙였다. 다시 딴마음 먹기 전에 당장 이 음침한 던전에서 나가 그녀를 여관으로 데려가야겠다.

“이런, 적이다. 상당히 많아.”

그런데 왔던 길을 되돌아가려고 하니, 이쪽으로 날아오는 것들이 보였다. 외눈 달린 박쥐처럼 생긴 몬스터 떼였다.

놈들도 우리를 발견했는지 입을 쩍 벌리고 뾰족한 송곳니를 드러낸 채 다가왔다.

피네는 지친 상황. 내가 상대할 수밖에 없다.

“애쉬 님, 저쪽으로 피하죠!”

그때 피네가 벽에 뚫린 동굴을 가리켰다.

저런 타입의 몬스터는 돌진과 흡혈 공격밖에 할 줄 모른다. 저 동굴에 숨어서 박쥐들이 지나가기를 기다리면 쉽게 해결될 것 같았다.

“피네, 어깨 좀 잡을게.”

“네, 네?”

나는 몬스터 떼가 오기 전에 서둘러 벽에 난 동굴로 그녀를 데리고 가서 숨었다.

〈끼이!〉

박쥐 떼는 예상대로 우리를 놓쳤는지 그냥 지나쳤다.

“……저기 애쉬 님, 너무 가깝지 않나요?”

그것을 보고 안도의 한숨을 내쉬자, 피네가 귀까지 새빨개져서 중얼거렸다.

"미, 미안! 당장 나갈게!"

피네의 그 말에 내가 그녀에게 너무 밀착해 있었다는 것을 깨달은 나는 서둘러 동굴에서 나가려고 했다.

그러나 통로로 나가려던 순간, 우리의 발밑에 마법진이 나타났다. 마법진은 빠르게 회전하면서 빛으로 순식간에 우리를 에워쌌다.

"……아차."

──우리는 이 던전의 최하층으로 강제 이동되었다.

"죄, 죄송해요! 제가 쓸데없는 말을 하는 바람에!"

"피네가 사과할 거 없어. 전이 트랩을 눈치채지 못한 내 책임이야."

진심으로 미안해하며 사과하는 피네를 달래며 이후의 방침을 생각했다.

"일단 여기서 나가자. 내 뒤를 따라와. 앞은 내가 호위할게. 그리고 검을 한 자루 줘."

"……네."

이번 작전에서 나는 피네의 안전을 최우선으로 생각하며 진행했었다.

너무 늦게까지 던전에 머물지도 않았으며, 꼬박꼬박 내

가 빌린 여관으로 돌아가 충분히 휴식했고, 기력과 집중력을 유지하는 데 노력했다. 느리고 답답하게 느껴지겠지만, 알베리히 왕자 일행을 상대하려면 이게 제일이다.

그래서 던전으로 들어가기 전에 항상 피네에게 당부했었는데…….

"피네, 아까 왜 레벨업을 계속하겠다고 한 거야?"

나는 위압적으로 느껴지지 않도록 부드러운 목소리로 묻는다.

"……그게, 애쉬 님이 저 때문에 무기와 자금, 시간까지 쓰고 있는데, 아직 이런 레벨인 게 죄송해서요……. 계속 이렇게 뒤에 숨어서 애쉬 님에게 보호만 받을 수는……."

그러자 피네는 고개를 숙인 채 이렇게 중얼거렸다.

즉 그녀는 내가 이렇게까지 하는데 결과가 만족스럽지 않은 걸 신경 썼다.

"피네. 나는 내 돈을 내 가치관에 따라 썼을 뿐이야. 결과가 어떻든 내 결정이라고. 네가 신경 쓸 일이 아니야."

"하지만 전……."

"괜찮아. 얼마를 썼든 네가 다치는 것보단 나으니까. 그러니 무리하지 마."

"! ……네."

내 마음이 그녀에게 얼마나 닿았는지는 솔직히 말해서 모르겠다. 일단 지금은 더 이상 무모하게 굴지 않기를 바랄 뿐이다.

몬스터가 나오지 않는 것과 이 구역의 구조를 보건대 역시 우리가 있는 곳은 던전의 최하층인 것 같다.

그렇다면 지상으로 돌아가는 가장 빠른 길은 보스 몬스터 토벌이다.

《인연야회》의 던전은 보스를 격파하는 순간, 지상으로 돌아가는 전이 마법진이 나타난다.

여기에서 1층의 출구를 찾아 역으로 답파할 바에는 그게 더 빠르고 안전하다.

"이 던전의 보스가 있는 방에는 지상으로 이어지는 전이 마법진이 있어. 그것을 사용해서 여기서 탈출하자. 앞은 내가 맡을게. 피네는 여유가 있으면 뒤에서 엄호 부탁해."

"——네!"

그렇게 몇 분을 걸어서 보스 방 앞에 도착했다.

"이곳의 보스는 가고일이야. 머리는 까마귀이고, 등에는 날개가 달렸지. 양손의 긴 발톱과 부리를 사용한 근접 공격, 그리고 화염 마법을 이용한 원거리 공격을 해. 특히 발톱 공격은 위력이 대단하니까 주의해."

"발톱 공격이 위험하다…… 알았어요."

"좋아, 그럼 들어가자."

나는 보스에 대해 설명하고, 천천히 방문을 연다.

안에는 게임과 똑같은 가고일의 모습이—— 어라?

“……저기, 애쉬 님. 저 뿔이 달린 거인이 가고일인가요?”

“아니, 저건——.”

〈흠. 오랫동안 지하에 머문 짐승은 양질의 마력을 비축해 놓았을 줄 알았건만.〉

섬뜩한 갑옷을 입은 거인이 가고일의 머리를 손으로 으깨 피를 뒤집어쓰더니, 시선을 이쪽으로 돌리며 입꼬리를 끌어올렸다.

〈하지만 너희라면 마왕님이 구하시는 풍부한 마력을 갖고 있을 것 같군. 너희의 피와 살을 마왕님께 바쳐라!〉

이렇게 말하더니 거인 기사—— 라스트 던전에 등장하는 중간 보스 ‘마왕 기사’가 우리를 향해 피로 새빨갛게 얼룩진 도끼를 내리쳤다.

“으윽!”

피네가 두 손을 앞으로 내밀자, 우리의 주위로 반구형의 빛의 결계가 형성되었다. 그 결계가 거인의 도끼를 튕겨낸다.

“고마워. 덕분에 살았어.”

“아니에요. 그보다 애쉬 님, 이게 대체……?”

피네는 이게 무슨 상황인지 혼란스러운 모양이었으나, 나도 설명할 말이 궁색했다.

마왕 기사는 약점이랄 게 없는 적이다. 하물며 이 상황에 ‘라스트 던전’이니 ‘마왕’이니 하는 소리를 주절주절 늘어놓은들 이해조차 되지 않을 거다.

"……자세한 건 몰라. 하지만 저 녀석은 가고일과는 비교도 안 될 만큼 강해. 피네, 절대 내 앞으로 나오지 마."

〈적을 앞에 두고 참으로 여유롭군. 이 도끼로 그 자만심을 그 건방진 결계와 함께 부숴 주지!〉

그렇게 말하는 동안에도 마왕 기사는 피네의 '성마법'으로 전개된 빛의 결계를 파괴하려고 도끼를 연신 찍어 내렸다.

어쩌지? 가고일은 쓰러졌으나, 탈출하려면 결국 마왕 기사 녀석을 상대해야 한다. 그러나 이곳에서 위력적인 마법을 쓰면 생매장당할 가능성도 있다.

차라리 혼자였다면 모를까, 피네까지 휘말리게 둘 수는 없다.

"애쉬 님, 제가 지금부터 '성마법'의 가호로 강화해 드릴게요. 적의 공격은 제가 결계로 방어할 테니 애쉬 님은 공격에 집중하세요!"

내가 망설이고 있으니, 피네가 소리쳤다. 마치 내가 뭘 걱정하는지 아는 것 같은 말이었다. 나는 내심으로 웃으며 피네가 시키는 대로 공격에 집중했다.

〈흥, 시시한 작전이군.〉

마왕 기사는 우리의 행동을 비웃더니 불 속성 마법을 쓰려고 했다.

"어딜!"

나는 자그마한 육각형 결계로 마법을 무산시켰다. 이어서 피네가 섬광탄을 쏘아 마왕 기사의 시야를 가렸다.

〈크윽, 건방진 놈들이⋯⋯!〉

"애쉬 님! 결계를 밟고 적을 단칼에 해치우세요!"

"알았어!"

나는 피네가 발판 대신으로 만든 결계를 밟고 뛰어올라 마왕 기사의 머리부터 몸을 반으로 갈라버렸다.

〈내, 내가⋯⋯ 이런 애송이한테——?!〉

마왕 기사는 단말마의 비명을 지르고 먼지 한 톨 남기지 않은 채 완전히 소멸했다.

"헉⋯⋯ 헉⋯⋯. 해, 해치운 거죠?"

긴장의 끈이 풀렸는지 피네가 바닥에 스르르 주저앉았다.

"응, 피네 덕분이야."

"전 뒤에서 따라다닌 게 다인걸요⋯⋯."

"피네의 도움이 없었다면 이렇게 쉽게 풀리지 않았을 거야. 전부 네 덕분이야."

"그, 그런가요⋯⋯?"

내가 순수한 마음으로 피네를 칭찬하자 그녀가 쑥스러워했다.

하지만 그녀가 도움이 된 건 사실이다. 실제로 나는 동굴을 무너트릴 걱정이나 하고 있었으니.

애초에 원작에서 피네는 성녀로서 파티를 지원하고 플

레이어의 분신으로서 파티를 지휘하는 두 가지 역할을 갖
고 있다.

그녀의 능력은 전선에서 검을 휘두를 때가 아니라 후방
에서 아군을 엄호하는 서포터일 때 진가를 발휘한다는 소
리다.

이 진가를 결투에서 보일 수 있다면, 성마법이 학생들이
말하는 사악한 마법이 아니라는 것을 증명할 수 있을지도
모른다.

"아직 안심할 때는 아니야. 전이 마법이 기능하고 있는
지 확인하고 올 테니까, 피네는 거기서 기다리고 있어."

"네……."

피로감을 느끼며 안쪽으로 들어가니 보물 상자와 마법
진이 눈에 들어왔다. 나는 상자를 열어 내용물을 챙겨 다
시 피네의 곁으로 돌아왔다.

"아무래도 무사히 돌아갈 수 있을 것 같다. 그리고 이건
던전을 돌파한 보수야. 받아."

"제가 받아도 돼요?"

"네가 제일 활약했잖아. 어서 받아."

"그, 그럼 감사히 받을게요……."

나는 그녀에게 '성녀의 부적'을 건넸다. 성마법의 소모
마력을 반감하는 피네 전용 아이템이다.

원래는 내일 혼자 와서 따로 챙길 생각이었는데, 설마

일이 이렇게 될 줄은.

나는 피네를 데리고 다시 방 안쪽으로 돌아가 전이 마법진을 기동했다.

그러자 곧 눈앞에 시야가 캄캄해진 던전 입구로 바뀌었다.

"……무사히 돌아온 모양이네. 이제 여관으로 돌아가자."

내가 팔을 쭉 뻗어 기지개를 켜자, 피네는 말없이 고개를 끄덕였다.

도시를 향해 나란히 걷고 있을 때, 나는 불쑥 입을 열었다.

"피네, 아까 싸우면서 느낀 건데, 넌 후방에서 지원할 때 가장 힘을 발휘할 수 있을 것 같아."

"지원이요?"

"응. 필요한 순간에 적절한 도움을 주는 거지. 너에게는 그 센스가 있어. 아까도 내 생각을 예상하고 움직였잖아. 이만큼 할 수 있는 사람은 몇 없어."

이건 입에 발린 칭찬이 아닌 내 순수한 감상이다.

피네는 내가 공격에 집중하고 싶다고 생각할 때마다 그렇게 할 수 있도록 만들어 주었다.

이것이 그녀가 가진 타고난 재능인지 아니면 게임에서 플레이어가 직접 조작하는 캐릭터라 가능한 것인지는 모르겠지만, 어쨌거나 경이로운 능력인 것은 분명하다.

"그런가요……? 전 무의식적으로 한 건데."

"무의식적으로 그렇게 한 거면 더 대단하지. 알베리히와의 결투 말이야, 이번처럼 뒤에서 지원해 주지 않을래? 너 같은 사람이 지원해 주면 아주 든든할 거야.”

“……마, 맡겨 주세요! 애쉬 님은 제가 전력을 다해 지원할게요!”

내가 이렇게 부탁하자, 피네는 기쁜 표정으로 오른손을 자신 가슴에 얹었다.

……아참.

“피네, 레벨 좀 확인해 봐. 제법 강한 녀석을 쓰러트렸으니 경험치도 컸을 거야.”

“아, 잠시만요. 지금 제 레벨은…… 41?!”

역시, 피네에게는 마왕 기사의 경험치가 상당했던 모양이다. 이제 결투에 대비해서 더 레벨을 올릴 필요는 없을 것 같다.

“축하해, 피네. 목표 달성이네.”

“가, 감사해요! 그럼 애쉬 님, 내일은 어떤 목표를 세우고 던전에 들어갈까요?!”

기세가 오른 피네는 성녀의 부적을 장비하면서 나에게 내일 예정을 물었다.

“아니. 이제 여기 올 필요는 없어.”

“그러면 대인전을 대비한 특훈인가요?”

“그것도 아니야.”

“그럼 뭘 해요……?”

점점 불안해하는 피네에게 나는 당당하게 이렇게 대답했다.

"내일은 전력을 다해서 쉴 거야. 그게 이번 특훈의 마무리야."

"……네?"

※ ※ ※

결투 당일 아침, 약속 장소인 수도 중앙의 분수 광장.

이번 결투를 위해 빌린 지팡이를 들고 벤치에 앉아 있는 피네의 모습을 발견하고는 그녀에게 달려갔다.

"좋은 아침, 피네. 어제는 푹 쉬었어?"

"……몸은 쉬었지만, 정말 놀랐어요. 뭐예요! '럭셔리 호텔'의 로얄 스위트룸에서 마음껏 보내라니!"

내가 특훈 마지막 날 그녀에게 준 과제, 그것은 최고급 호텔에서 아무것도 하지 않고 쉬는 것이었다.

'럭셔리 호텔'은 《인연야회》의 데이트 이벤트에서 나오는 라크레시아 왕국 제일의 호텔이다. 호화롭기는 대귀족도 혀를 내두를 정도이며, 투숙객이 요구하기도 전에 직원들이 가져다준다고 하여 '어느새 말하는 법을 잊어버릴 정도의 천국'이라는 별명이 있다.

"잘 쉬기는 했지만……."

"그거 잘됐네."

물론 단순히 쉬는 용도만 있는 건 아니다. 호텔에 묵으면 다음 날 스테이터스가 상승하는 이점이 있다. 강적과 싸우기 전에는 이곳에서 1박 하는 게 고인물들에게는 당연한 일이었다.

물론 심적인 안정을 누리는 것도 중요하지만.

"그런데 오늘 결투는 어떤 작전으로 진행하죠?"

"마음대로 싸워. 지시도 팍팍 내리고. 난 피네의 지시대로 움직일 거야."

"지, 진심으로 하는 말씀이세요?"

"넌 그 미지의 몬스터를 상대로 냉정하게, 그러면서도 적확한 지시를 내려서 승리했잖아. 난 피네의 재능을 믿어."

나는 이렇게 말하고 피네의 머리를 쓰다듬는다.

그녀는 수줍어하면서도 얌전히 "알겠어요"라고 대답했다.

우리는 서로 손을 잡고 결투장인 왕립 마법 학교 콜로세움으로 향했다.

일주일 동안 할 수 있는 준비는 전부 마쳤다. 패배할 생각은 없다.

"이기자."

"네."

"엘리제, 걱정할 것 없어. 우리는 그 무엄한 자들에게 정의의 철퇴를 내리는 거야. 넌 이 귀빈실에서 녀석들이 울부짖는 모습이나 지켜보면 돼."

"우리가 그 녀석들에게 돈이나 권력으로는 살 수 없는 것이 있다는 걸 깨닫게 해줄게."

"성적만 봐도 뻔하지. 종합실력시험에서 한 번도 상위를 차지한 적 없는 녀석들 상대로 우리가 지는 것 자체가 불가능한 이야기야."

"굳이 비싼 무기를 쓸 가치도 없는 상대지."

왕립 마법 학교 콜로세움. 그 꼭대기 층에 설치된 귀빈실에서 알베리히 일행은 나, 엘리제 링슈타트에게 이렇게 말한 뒤 콜로세움 중앙의 투기장으로 향했다.

"네, 여러분의 승리를 믿어요. 반드시 이기세요."

나는 웃는 얼굴로 손을 흔들면서 그들을 전송한다. 그리고 이 VIP룸에 혼자만 남은 것을 확인한 뒤, 주먹을 불끈 쥐고 방 안에 있는 소파를 힘껏 내리쳤다.

"……그 재수 없는 놈, 쓸데없는 일을 벌이고 난리람!"

나는 전생의 기억이 있다.

나는 이 세계가 전생에서 해본 적 있는 여성향 게임《인연의 마법과 성스러운 야회》이고, 원작에 개입 가능하다는 것을 깨달은 뒤로는, 이 게임을 하고 놀았던 옛날의 기억을 떠올려 멍청한 주인공들을 이용함으로써 역하렘 엔딩의 달성을 눈앞에 두고 있었다.

이제 성가신 전 히로인을 내쫓고 당당히 내가 주인공이 될 일만 남았었는데……!

"대체 어디서 튀어나온 거야, 그놈은!"

학생 식당에서 처음 만났을 때는 평범한 엑스트라였는데 그다음에 만났을 때는 울컥할 정도로 우리한테 시비를 걸면서 전 히로인의 추방을 방해했다.

……이 결투에서 알베리히가 지는 일은 없을 거야. 상대는 어차피 엑스트라와 레벨 낮은 잔챙이 히로인이니까.

하지만 그들이 주제넘게 나서는 바람에 내 해피 엔딩은 일주일이나 연기되었다. 그게 제일 열받는다!

결투에 이기는 것만으로는 부족해. 그들의 존엄을 비롯한 모든 걸 철저하게 파괴해야 해……!

나는 준비되어 있던 유리잔의 물을 한숨에 들이키고 초조하게 소파에 앉았다.

그 순간, 갑자기 거칠게 문이 열리는 소리가 났다.

"?!"

문 여는 소리에 놀라 황급히 자세를 가다듬자, 웬 다갈색 머리의 남자 하나가 집사를 데리고 거만하게 특등실로 들어왔다.

"아, 네가 알베리히가 푹 빠졌다는 아가씨구나? 흐음, 과연."

그 남자는 얼굴을 빤히 쳐다보더니 알겠다는 듯 고개를 끄덕이면서 옆자리에 앉았다.

이 남자 누구였더라……. 어쨌든 몹시 무례한 사람이었다.

"저기…… 오늘은 전하께서 이 방을 전세 냈다고 하셨는데요……."

"알아. 당사자한테 허락받고 오는 길이거든. 그리고 난 이래 봬도 처자식이 있는 몸이라서. 널 건드릴 생각은 없으니, 안심해."

알베리히한테 허가받았다고……? 그러면 설마 왕족인가?

어쨌거나 강제로 쫓아낼 수는 없을 것 같아. 이 사람도 그렇고, 뒤에 서 있는 집사도 뭔가 강해 보여.

"나를 보고 싶은 기분은 이해하지만, 우선은 네 소중하고 소중한 약혼자를 응원해야 하지 않을까?"

"안 그래도 응원하고 있었거든요!"

"그럼 됐고."

짧은 대화만으로 깨달았다. 나는 이 남자가 싫다.

하지만 알베리히와 계속 사귀려면 이 남자와도 사이좋게 지내야겠지.

솔직히 당장이라도 한숨이 나올 것 같았지만, 필사적으

로 참았다.

'빨리 그 녀석들을 짓뭉개 버려, 알베리히……'

나는 이렇게 기도하면서 투기장 쪽으로 시선을 돌렸다.

※ ※ ※

"오, 잔뜩 모였네……."

왕립 마법 학교 콜로세움의 관중석은 학생과 교사, 그리고 외부에서 온 귀족과 기사로 이미 만석이었다.

아마 어제 나간 『제2왕자에게 전혀 지명도 없는 준남작가의 차남이 결투를 신청했다』라는 제목의 신문 기사 때문일 것이다. 그렇다 하더라도 고작 학생 간의 대결에 이렇게 많은 사람이 모일 줄은 몰랐지만.

이는 나에게 매우 유리한 상황이다. 구경꾼이 많으면 많을수록 이 결투의 결과를 사람에게 알릴 수 있으니 말이다.

투기장 중앙을 향해 느긋하게 걸어 나오니, 맞은 편에서 알베리히 일행이 뒤늦게 불쾌한 표정으로 이쪽을 향해 다가왔다.

"네놈, '반드시 이기겠다'고 호언장담했다더군? 그 말의 무게를 오롯이 감당해야 할 거다."

"예, 물론입니다. 지금 와서 철회할 생각도 없고요."

"흥, 이 장비를 보고도 그런 말을 할 수 있겠나?"

음? 듣고 보니 알베리히의 장비가 마왕 토벌 직전에나 얻는 수준까지 올라가 있었다.

하지만 그뿐이다.

"그래도 대답은 같습니다. 피네가 있는 한, 반드시 승리한다고 단언하지요."

내가 이렇게 단언하자 알베리히 왕자 일행의 얼굴이 분노로 새빨개졌다.

"그, 그러면 결투의 룰을 설명하겠습니다. 어느 한쪽이 항복하거나, 심판이 전투 속행 불가라고 판단했을 때까지 진행됩니다. 결투 방식은 2:2로 진행되며, 인터벌을 넣고 먼저 3승 하는 쪽이——."

"잠깐. 너, 반드시 승리한다고 지껄이는데, 그렇게 자신 있으면 우리가 한꺼번에 덤벼도 상관없겠지?"

"피네, 어쩔래?"

"네. 좋아요. 그래도 저희는 지지 않을 거니까."

심판을 맡은 여기사가 쩔쩔매면서 결투 규칙 설명을 시작하자마자, 알베리히 일행이 멋대로 규칙을 바꾸었다.

하지만 우리는 기죽지 않고 그렇게 하라고 받아들였다.

"진심이야……?"

"저 녀석, 바보 아니야?"

"대체 뭘 믿고 저러지? 숨겨둔 책략이 있나?"

우리의 선언을 듣고 구경꾼들이 저마다 고찰하기 시작

했다.

한편 네 사람은 분노가 한계에 달했는지, 심판이 개시를 선언하기도 전에 각자 비장의 무기를 꺼냈다.

"앗, 전하! 아직 개시 선언 전입니다! 기다리세요!"

"그럼 당장 선언해!"

"네, 네에엣!"

어쩌다 이번 결투의 심판을 떠맡았는지 모르겠지만, 정말 미안하게 됐다. 나중에 과자라도 선물하자.

"알베리히, 먼저 우리가 갈게. 저런 쓰레기는 그 비장의 무기를 쓸 것까지도 없어."

"……알았어. 우리를 깔본 대가를 치르게 해줘, 유진."

첫 번째로 출격한 것은 게임에서도 창술사였던 유진, 그리고 그 손에 들린 것은 그의 가문에 대대로 전해 내려오는 명창 '게 볼그'다.

"네놈에게는 할 말이 많아. 하지만 우선 그 건방진 태도를 싹 고쳐 주지!"

그는 이렇게 말하고, 기세를 몰아 달리기 시작했다. 그리고 명확한 살의를 가지고 나를 향해 창을 찔렀다.

"피네는 어떻게 할래?"

"……제가 방어 마법으로 공격을 저지할게요. 애쉬 님은 상대의 공격을 잘 관찰하다가 틈이 보이면 공격하세요."

"알았어."

작은 목소리로 피네에게 묻자, 그녀는 즉시 나에게 지시를 전달했다.

빛의 입자가 모여 만든 반구형의 벽이 우리 주변에 나타나, 유진의 공격을 튕겨냈다.

"쯧, 짜증 나게……!"

유진은 포기하지 않고 공격을 재개하지만, 빛의 결계는 구성하는 입자의 수가 줄어들면서도 유지되었다.

'……지금이야.'

나는 피네에게 눈짓을 보낸 뒤, 유진의 공격이 막힌 타이밍을 노려 게 볼그의 자루를 움켜쥐었다.

"큭, 으아아악!"

그리고 그대로 게 볼그를 휘둘러 유진을 땅바닥에 내리쳤다.

"이 비겁한—— 끄악!"

당연히 한 번으로 끝내지 않는다.

나는 몇 번이나 유진을 땅바닥에 내리쳤다.

"유진!"

"알베리히, 참아. 이번엔 내가 간다!"

다비트가 단검을 들고 유진을 구하기 위해 나를 공격했다.

"그렇겐 안 돼요!"

피네가 나와 다비트의 사이로 뛰어들더니 빛의 결계를 다시 펼쳐 공격을 막았다.

“덕분에 살았어, 피네.”

“아니에요, 그보다——.”

“괜찮아. 이쪽은 금방 끝날 테니.”

이내 곧 게 볼그의 창대가 뚝 부러지고, 유진은 땅바닥에 얼굴이 처박혔다.

“유진!”

“아, 아아……! 내, 내 게 볼그가!”

다비트는 유진을 불렀지만, 그는 눈물과 코피를 흘리면서 못쓰게 된 가보를 앞에 놓고 전의를 상실한 채 한심한 비명을 지를 뿐이었다.

“동료는 소중히 해야 하지만, 허점투성이야.”

“큭?!”

나는 유진에게 정신이 팔린 다비트의 옆구리에 일격을 날려, 방어 중이던 피네로부터 떼어 놓았다.

“피네! 공격의 가호를!”

“알겠어요!”

내가 오른손을 들자, 피네는 성마법으로 신체 강화를 부여했다.

나는 필사적으로 일어서려는 다비트의 품으로 뛰어들어 명치에 주먹을 꽂았다.

“커헉……!”

다비트는 극심한 통증에 비틀거리며 단검을 놓쳤다.

──한 방 더 먹일까?

놈의 반응과 표정을 보고 이렇게 생각한 순간, 피네의 지시가 떨어졌다.

"애쉬 님, 거기서 떨어지세요!"

그 말에 즉시 다비트로부터 떨어지자, 그들을 지키려는 듯 땅에서 골렘이 출현했다.

"알베리히! 검을 뽑을 준비를 해! 인정하고 싶지 않지만, 이놈들 보통내기가 아니야!"

레콘이 그 골렘의 위로 부유 마법을 써서 날아와 착지하더니 알베리히에게 외쳤다.

알베리히는 순간 망설였지만, 레콘의 진지한 표정을 보고 결심을 굳히더니 허리춤에 찬 칼집에 손을 댔다.

뭐지? 저 녀석들, 대체 무슨 속셈이지?

"저열한 놈들! 너희는 내가 상대한다!"

놈들의 꿍꿍이가 무엇인지 생각하려고 했지만, 그것을 방해하듯 골렘의 주먹이 나를 향해 날아왔다.

"너 같은 비겁한 녀석에게는 지지 않는다! '파이어 볼'!"

후방으로 점프해서 골렘의 공격을 피하자마자, 레콘의 마법 공격이 날아왔다.

'파이어 볼'은 초급 마법이지만, 가진 시나리오 종반 장비와 조합하면 중급 이상의 위력을 낼 수 있다.

게다가 레콘은 MP 보유량이 많다. 즉 이런 레벨의 공격을 연발할 수 있다는 뜻이다. 귀찮게 됐군.

"애쉬 님, 저 골렘을 무력화시킬 수 있나요?"

그때 피네가 달려와 나에게 물었다.

게임에서는 골렘의 성능은 사역자 스테이터스의 절반이었지.

"가능해."

"그러면 술자를 골렘 위에서 끌어내 주세요. 뒤는 제가 어떻게든 해볼게요."

"알았어. 우선 균형을 무너뜨려야겠어. 공격 지원을 부탁해."

"알겠어요!"

나는 피네에게 지원을 부탁한 뒤, 피네로부터 돌려받은 검을 뽑았다.

'아쿠아 스플래시!'

"아니, 내 공격이……?!"

물 속성 마법 검술 '아쿠아 스플래시'로 '파이어 볼'을 두 동강 냈다.

《인연야회》에는 속성 상성이 있으며, 이를 이용해 마법을 방어할 수 있다.

그러나 게임의 상성 시스템은 방어 마법을 썼을 때만 적용됐기 때문에, 처음에는 나도 공격 마법으로 같은 효과를 낼 수 있는 줄 몰랐다.

그런 내 생각이 바뀐 것은 레벨업을 다니던 시절, 하피 무리를 만났을 때였다. 하피들의 바람 속성 마법과 내가 쓴 불 속성 마법 검술이 동시에 격돌하며 상쇄가 일어났다. 그 현상에서 착안해 몇 번쯤 검증해 본 나는, 특훈을 거듭해 파훼 기술을 만들었다.

더구나 지금은 작중 최강 레벨의 물리·마법 공격력 증강 버프가 있다. 아마 히든 보스의 관통 마법을 제외하면 모든 공격을 가를 수 있을 것이다.

"이, 이럴 수가……. 내 마법이……!"

레콘은 자기 마법이 평범한 공격에 파훼당하자 당혹스러워했다.

나는 그 틈을 노려 골렘 아래로 파고들어 관절을 연속 공격했다. 골렘의 다리가 꺾이며 몸체가 기우뚱한다.

역시 게임과 마찬가지로, 튼튼해 보이는 외관과 달리 성능은 약해빠졌다.

나는 힘을 주어 골렘의 다리를 수평으로 휙 그었다.

그러자 골렘의 다리가 빠직 소리와 함께 박살 나듯 절단되었다. 이윽고 상반신이 레콘과 함께 땅바닥으로 추락했다.

"제길……! 이런 비겁한 자식한테 내가 당하다니……!"

"이제 단념하세요."

레콘이 일어나려고 하자, 피네의 성마법인 빛의 사슬이 그의 몸을 휘감았다. 전의를 상실한 유진과 다비트도 이미 마찬가지였다.

"꽤 하는데, 피네."

"이게 다 애쉬 님이 도와주신 덕분이에요. 그리고 이제 이걸로……."

4:2. 심지어 기사 4인방이라 불리는 학교 최강의 학생들이 상대.

분명 이 콜로세움에 모인 모든 관객은 알베리히 일행의 승리를 의심하지 않았으리라.

그러나 기사 4인방 중 3명이 완전히 쓰러졌다.

"거, 거짓말. 그라임 님이 이렇게 당하다니——."

"저 녀석들, 대체 무슨 짓을 한 거지?!"

"허? 진짜로 이겼네……?"

"그렇다면 엄청난 쾌거지!"

관객들의 반응은 대충 두 가지였다. 이 결과에 충격을 받은 자와 흥분한 자.

전자의 반응은 '금박 소매'가 많지만, 후자의 반응은 '민무늬 소매'가 많다. '민무늬 소매'는 '금박 소매'에게 무시와 괄시를 당하는 일이 많으니 이렇게 되는 것도 어쩔 수 없지만.

그와 동시에 관객들의 반응은 우리의 승리를 거의 확신하고 있었다.

그러니 이 콜로세움의 분위기는 알베리히에게 상당히

불쾌할지도 모르겠다.

"고마워. 너희가 시간을 벌어 준 덕분에 이 검을 쓸 수 있겠어."

알베리히는 붙잡힌 동료에게 감사하면서 검을 칼집에 꽂은 채 결투장으로 올라왔다.

칼집에는 사슬이 감겨 있는데, 무슨 봉인처럼 보였다.

"특이한 걸 가지고 오셨군요?"

"그래, 다만, 이 녀석을 쓰려면, 왕족이 시간을 들여서 마력을 부어야 한다는 제약이 있어서 말이다. 친구들 덕분에 시간을 벌 수 있었지."

마력을 담아 해방하는 무기? 그런 게 게임에 있었나?

……아니, 잠깐. 설마 그걸 가지고 나온 건가?!

《인연야회》에는 사용할 때 전제 조건이 필요한 이벤트 전용 무기가 딱 하나 있다.

하지만 그건 아무리 왕족이라도, 아니 왕족이니까 고작 이런 결투에 가지고 나올 리가 없는 물건이다.

특히 게임이 현실이 된 이 세계에서는.

'제발 그거 내려놔!'

나는 마음속으로 애원했지만, 애석하게도 일은 그렇게 흘러가지 않았다.

"아니, 저건……!"

"왜 이런 시합에——!"

"경비! 뭐 하나! 당장 저지해!"

알베리히가 그 검을 칼집에서 완전히 빼자, 콜로세움 관중석에 앉아 있던 교사들과 내빈들, 특히 기사와 성여신교회의 관계자들이 비명을 질렀다.

칼집에는 흰색과 금색의 장식이 되어 있고, 반투명의 칼날은 연분홍색 빛을 내뿜고 있다. 날밑에 비취색 크리스탈이 박힌 한 자루의 검.

이 나라 건국 신화에 의하면 초대 국왕이자 최초의 용사가 썼고, 그 이후에는 왕위 계승의 증표로 왕위 계승자와 극히 일부만 보관 위치를 안다는 보검. 《인연야회》의 역하렘 루트의 최종 보스전 직전에나 볼 수 있는 무기다.

수백 년 전 용사의 연인이었던 '빛의 성녀'가 자기 몸을 희생해 무기가 되었다는 비극이 밝혀지는 동시에 피네 일행에게 대여되는 이벤트용 무기로, 최종 보스를 쓰러뜨릴 수 있는 유일한 검이다.

그런데 그 왕가 제일의 보물인 '빛의 보검 클리어'가 건국 이후 왕위 계승 의식을 제외하고 처음으로 수많은 사람의 앞에 모습을 드러낸 것이었다.

※ ※ ※

"으하하하! 용사 아론! 그렇게 기세등등하더니 겨우 그 정도냐!”

“윽, 제길……!”

용사와 빛의 성녀, 그리고 그들을 지원하는 동료들. 힘든 시련을 이겨내고 마침내 마왕성의 옥좌에 당도한 그들이었지만, 연이은 격전에 체력과 마력과 정신력이 모두 소진되어, 마왕이 쏘는 흉악한 공격 앞에서 무릎을 꿇고 말았다.

그것을 보고 마왕은 입꼬리를 올린다.

“용사 아론, 패배를 인정한다면 이 세계 사람들의 생존을 허락하겠다. 물론 전부 내 노예, 아니 장난감으로 삼아서 말이지.”

“누, 누가 그런 말을 듣는다고……!”

“우하하하! 그 너덜너덜한 모습으로 씩씩거리는 꼴이 우습구나!”

용사 아론은 젖 먹던 힘까지 쥐어짜서 일어나려 하지만, 몸은 상처투성이에 갑옷은 다 찢어지고, 검은 부러져 두 동강 나 있다.

그런 상태에서 아직 힘이 남아 있는 마왕을 쓰러뜨린다는 것은 기적이 일어나지 않는 한 불가능하리라.

“아론 님…….”

그럼에도 사랑하는 사람을 지키기 위해 마왕의 앞에 선 아론의 모습에 ‘빛의 성녀’ 클리어의 뺨을 눈물 한 방울이 흘러내렸다.

클리어는 뭔가 결심한 표정을 짓더니 여신의 지팡이를 짚고 일어나 비틀거리면서 아론에게 다가간다.

"크, 클리어……! 이쪽으로 오면 안 돼……!"

"아론 님……. 전 당신에게 많은 것을 배웠어요. 당신 곁에서 수많은 행복을 얻었어요. 힘들고 괴로운 적도 있었지만, 그래도 전 당신을 만나 서로 사랑할 수 있어서 정말 행복했어요."

"클리어……? 대체 무슨 말을 하는 거야? 마치 작별 인사 같잖아――."

아론은 클리어의 말을 이해할 수 없는지, 아니 이해하고 싶지 않은지 떨리는 목소리로 되묻는다.

클리어는 평온한 미소로 대답하고, 주머니에서 신비로운 빛을 발하는 주먹 크기의 크리스탈을 꺼냈다.

마왕성을 향해 떠나기 전에 '성여신 메이어'에게 받은 신구. 모든 물체를 무구로 만들 수 있는 효과를 지닌 것. 그리고 그 성능은 소유자가 얼마나 간절한 마음을 가졌는지에 따라 크게 바뀐다는 신탁도 가지고 있었다.

"전 이제 마력이 거의 남아 있지 않아요. 이대로는 아론 님의 방해가 될 뿐이에요. 그러니――."

"잠깐, 기다려, 클리어!"

"클리어! 그러면 안 돼!"

"싫어……. 싫어, 클리어 언니!"

클리어가 그 신구를 두 손으로 부드럽게 감싸자, 그녀의 몸에서 빛줄기가 뿜어져 나왔다.

그 빛에 마왕이 주춤하는 사이에 아론, 클리어와 함께 여행했던 동료들은 필사적으로 그녀가 하려는 행위를 막으려고 한다.

그러나 클리어는 그들을 향해 "미안해요"라고 중얼거리고 다시 아론을 돌아본다.

"꼭 이기세요. 저랑 당신이 같이 살고 서로 사랑했던 이 세계를 지키기 위해."

"클——."

아론이 이름을 외치며 클리어의 몸에 손을 대려던 그 순간, 소녀의 가냘픈 몸이 한 자루의 검으로 변한다.

몸체는 클리어의 머리카락처럼 똑같은 분홍빛을 발하고, 날밑에는 그녀의 눈과 똑같은 비취색 크리스탈이 박혀 있고, 자루에는 그녀가 입고 있던 성녀의 옷과 똑같은 흰색과 금색의 장식이 되어 있는 반투명의 칼날을 가진 검.

아론은 허공에 뜬 그것을 두 손으로 소중하게 받아 굵은 눈물을 뚝뚝 떨어뜨렸다.

"큭, 귀찮게 됐군……! 하지만 그래 봤자 계집애의 발버둥이지! 이 마왕의 적수는 못 돼!"

마왕은 자신만만하게 이렇게 선언하더니 그들을 일격에

전멸 직전으로 몰아넣은 대마법을 시전하려 한다.

그러나 아론에게는 전부 아무래도 상관없는 것들이었다.

"『다크니스——』아닛?!"

"영원히 사라져라, 마왕!"

아론이 빛의 성녀 클리어였던 검을 휘두르자, 마왕은 순식간에 두 동강 난다.

이로써 인간 세계는 마왕으로부터 구원되었다.

하지만 거기에 승리의 기쁨은 없었고, 있는 것은 오로지 상실감뿐…….

"으아아아아아!!!"

마왕성의 옥좌에 용사 아론의 통곡이 울려 퍼진다.

그와 동시에 족히 1시간은 되었을 박진감 넘치는 풀보이스 무비는 종료되고, 평소의 《인연야회》 화면으로 돌아간다.

화면상에서는 국왕이 최초의 용사 아론과 빛의 성녀 클리어의 비극에 대한 이야기를 마치고, '빛의 보검 클리어'가 수납된 칼집을 소중히 안고서, 진짜 마왕과의 싸움에 도전할 것인가 하는 선택지를 제시했었다.

그러나 당시 내 멘탈은 더 이상 게임을 플레이할 수 있는 상태가 아니라 저장하고 게임을 종료시킨 뒤 그대로 게임 의자에 몸을 기댔다.

배드 엔딩보다 비극적인 해피 엔딩, 그것도 최애 캐릭터인 클리어의 최후를 역하렘 루트에서 봐야 한다는 예상 밖의 전개에 큰 충격을 받은 나는 조용히 중얼거린다.

"……역시 이 게임을 만든 사람이 진짜 만들고 싶었던 것은 우울한 게임이었던 거야."

역하렘 루트에서는 최초의 용사와 빛의 성녀, 그리고 그 동료들의 이야기가 몇 번쯤 무비로 삽입되어 감정 이입을 시켰기 때문에 이 해피 엔딩은 상당히 충격적이었다.

풀보이스, 애니메이션, 처음에는 평화로운 스토리로 시작해 놓고 종반의 비극과 무기로 변한 크리스탈을 등장시킨 것은 명백히 플레이어의 마음을 꺾어 놓겠다는 의도가 담긴 것이었다.

나중에 SNS와 게시판을 보니 『가장 깔끔한 마무리는 역하렘 엔딩이지만, 플레이어를 가장 우울하게 만드는 엔딩도 역하렘 엔딩이다』라는 의견이 많았다.

그러나 『배드 엔딩이 훨씬 더 힘들었다』는 반론도 많아서 어느 쪽이 더 괴로운지는 플레이어의 주관에 좌우된다는 것을 실감했다.

아무튼 분명히 말할 수 있는 것은 마지막 과거 회상 무비를 끝까지 열람했던 전생의 나는 최대 캐릭터인 클리어의 충격적인 최후에 1시간 가까이 넋이 나가 있었다는 것이다.

그리고——.

※ ※ ※

“잘 봐라! 비천한 하급 귀족과 하등한 평민아! 바로 이게 왕가에 대대로 내려오는 전설의 무기 ‘빛의 보검 클리어’ 다! 어떠냐?! 너무 신성해서 말도 안 나오지?!”

알베리히는 보검 클리어를 단순한 강력한 무기, 아니 도구로서 우리에게 과시하고 있다.

이 세계는 게임이 아니다. 현실이다.

그리고 그것은 아론이나 클리어의 싸움이 옛날이야기와 같은 창작이 아니라 사실로서 존재했다는 것을 의미한다.

알베리히는 그런 그들의 각오의 결정체인 그 검을 오로지 우리를 모욕하기 위해 쓰려는 것이다.

놈들의 우행을 용서치 마. 그들의 명예를 더럽히지 마. 쓰러뜨려, 쓰러뜨려, 쓰러뜨려!

이런 생각이, 아니 증오가 마음속 깊은 곳에서 울컥 치받쳐 올라와 순식간에 내 사고 회로를 점령한다.

“……피네, 미안하지만 방어 지원을 총력으로 부탁해.”

“네, 네! 알겠어요!”

상당히 무서운 표정을 하고 있었던 모양이다.

피네는 순간 겁먹은 표정으로 대답한다.

그녀를 불안하게 만들고, 더 나아가 겁먹게 만든 것은

미안하지만, 지금 나는 그것을 달래줄 여유가 없었다.

지금 내 가슴에서 가장 크게 솟구치는 감정.

그것은 '클리어'를 함부로 사용해 피네를 모욕하려는 이 멍청이들을 어떻게 타도할 수 있을까 하는 분노의 감정이었다.

"그 기분 나쁜 마법을 아무리 써봤자 소용없어! 엘리제 덕분에 가져온 이 보검을 이길 수 있는 건 없어!"

알베리히는 그렇게 단언하며 '빛의 보검 클리어'를 단단히 쥐었다.

나는 눈을 부릅뜨고 심호흡한 뒤, 비밀 영역에서 획득한 검을 손에서 놓았다.

"애쉬 님⋯⋯?"

"흥, 바보도 이 검을 상대하는 게 무엇을 의미하는지 깨달은 모양이군. 하지만 늦었다! 인제 와서 무엇을 하더라도 용서는——."

놈의 헛소리를 무시하고 보검 클리어의 날이 상하지 않도록 오른손으로 움켜잡으면서 왼손을 꼭 쥐고 놈의 무방비한 배에 주먹을 먹였다.

"커헉⋯⋯ 이, 이 자식⋯⋯!"

알베리히는 고통에 몸부림치면서도 검을 휘두르려 했다. 그러나 내가 검을 단단히 붙잡은 탓에 알베리히는 오히려 검에 딸린 꼴이 되고 말았다.

나는 왼손으로 다시 멍청이의 얼굴을 후려쳤다.

“크학! 뭐야……! 뭐야, 너?!”

몇 번 얻어맞자, 알베리히 왕자가 겁을 먹었는지 얼굴이 창백해졌다.

어느덧 관중석에서 일던 웅성거림이 사라졌다.

아니, 남들의 반응 따윈 아무래도 좋다. 이 자식이 검을 놓을 때까지, 나도 주먹을 풀지 않을 거다.

“애쉬 님!”

그 순간 누군가가 뒤에서 나를 끌어안았다.

뒤를 돌아보자 피네가 나를 끌어안고 등에 얼굴을 묻은 채 울먹이며 이렇게 말했다.

“그만하세요……! 애쉬 님의 손이 피투성이가 되는 건 보고 싶지 않아요……!”

그 말에 반사적으로 내 오른손으로 시선이 향했다. 방어 마법이 있다고 하더라도, 칼날을 움켜잡은 탓에 피투성이가 되어 있었다. 왼손 역시 상대의 피로 얼룩져 있었다.

뒤늦게 엄습한 민망함과 통증으로 차츰 이성이 돌아왔다.

그렇다. 세계의 운명이 걸린 것도 아닌 이런 결투에 ‘그녀’를 끌어들인 우행을 범한 이상, 이 녀석과 엘리제에게 천벌이 내릴 것이다. 이런 놈 때문에 내 손을 더럽힐 필요는 없다.

게다가…….

"끄, 끄으윽——."

알베리히는 어리석게도 끝까지 검을 놓지 않았으나, 얼굴이 엉망이 된 채 의식을 잃었다.

그랬군, 더는 휘두를 수도 없겠어.

"후……."

나는 놈에게서 보검을 빼앗아 심판을 맡은 여기사에게 조심스럽게 건네고 피네에게 돌아갔다.

"……미안, 너무 흥분했어. 말려 줘서 고마워."

"……네."

뒤로 돌아 피네를 안으면서 고맙다고 말하자, 그것을 보고 이 결투가 끝났다고 판단한 여기사가 카랑카랑한 목소리로 선언했다.

"알베리히 전하, 전투 불능! 이로써 이 결투의 승자는 피네 슈타우트와 애쉬 레벤입니다!"

"치유의 가호 '큐어 커넥트'"

피네는 보검 클리어를 잡고 있었던 내 오른손에 묻은 피를 손수건으로 닦아 주고, 성마법으로 상처를 치유했다.

"고마워, 피네."

"……다시는 스스로를 다치게 하지 마세요."

"응, 알았어."

나는 피네에게 꾸벅 머리를 숙인다.

그때는 분노에 아무것도 보이지 않는 상태였다. 그 바람에 피네에게 폐를 끼치고 말았다. 진심으로 미안하다.

'그런데…….'

피네의 성마법으로 치료받은 나는 주위를 둘러본다.

유진, 레콘, 다비트는 빛의 사슬에 묶인 채 전의를 완전히 상실했고, 알베리히는 의식이 없다.

결투의 대가를 받아내려면 깨워야 하는데, 꼴이 이래서는…….

"──애쉬 님, 저분들의 상처를 치료해도 될까요?"

이걸 어쩌나 하고 있으니, 피네가 나에게 그런 말을 했다. 물론 그게 가장 확실하고 빠른 방법이긴 하다.

"저놈들은 널 괴롭히던 녀석들인데? 그래도 괜찮아?"

"……저분들이 한 짓은 용서할 수 없지만, 다친 사람을 못 본 척할 수도 없어요. 그리고 혹시라도 상처 난 걸 트집 잡아서 애쉬 님을 괴롭힐 수도 있잖아요. 저한테 한 것처럼요."

"그러면 피네의 뜻대로 해."

알베리히와의 싸움은 과하긴 했다. 일방적이었다. '보검 클리어'의 등장에 술렁거렸던 관람객들이 침묵해 버릴 정도로.

피네는 내 모습에서 성마법으로 오해를 샀던 기억을 떠올렸는지도 모른다. 내가 그렇게 되지 않기를 바라는 것이다.

피네한테서 자기 상처로 트집 잡는다는 말이 자연스럽

게 나오는 것을 보면, 지금껏 알베리히가 어떤 태도였는지 상상이 간다.

솔직히 나는 무슨 말을 들어도 상관없지만, 그녀의 따뜻한 마음과 선택을 존중해서 그 제안을 받아들이기로 했다.

"후…… '큐어 필드'."

"헉?! 이, 이게 어떻게 된 거야?!"

피네가 전체 회복의 성마법을 걸자, 상처가 사라진 알베리히는 의식을 되찾고 벌떡 일어난다.

자기 손발을 관찰하고 사방을 두리번거리던 알베리히는 자신이 피네의 성마법으로 회복되었다는 것을 깨닫자, 무기를 손에 들려고 한다.

그러나 빛의 보검 클리어는 심판의 손에 있고, 그의 주변에도 무기가 될 만한 건 없다.

게다가…….

"히익?!"

내가 피네에게 적대적인 시선을 보내던 알베리히를 노려보자, 놈은 한심한 비명을 지르며 뒷걸음질 쳤다. 더 이상 결투할 상태도 아니다.

"다시 선언합니다! 이 결투의 승자는 피네 슈타우트와 애쉬 레벤입니다!"

"너, 너, 저 쓰레기한테 돈이라도 먹은 거야?! 이, 이 결투는 이상해! 우리가 이렇게 일방적으로 질 리 없어! 저놈들이 부정을 저지른 거야!"

심판을 맡은 여기사가 결투 결과를 알베리히에게 알리지만, 놈은 받아들이지 않고 "부정이 있었다"며 발악했다.

아직도 그런 말을 하는구나 싶어 어이가 없었다.

"──꼴사납다, 알베리히!"

갑자기 투기장 전체에 나지막하면서도 쩌렁쩌렁한 목소리가 울려 퍼졌다.

목소리가 들린 방향으로 고개를 돌리자, 엘리제 양을 데리고 있는, 아니 붙잡고 있는 다갈색 머리에 금색 눈을 가진 다부진 체격의 남자가 있었다.

이 나라에 사는 사람치고 이 남자의 이름을 모르는 자는 없으리라.

'용사의 환생', '영웅', 그리고 플레이어들로부터 공식 치트키로 불릴 정도로 추앙받고 압도적인 스테이터스를 자랑하는 '최강'.

이 나라가 세계에 자랑하는 살아 있는 전설이자 정당한 왕위 계승권을 가진 자, 엘제스 제1왕자였다.

왕태자는 엘리제를 휙 잡아끌어 알베리히 왕자 쪽으로 떠민 뒤, 우리 쪽으로 똑바로 걸어왔다. 그리고 깊숙이 머리를 숙인다.

"멍청한 동생이 저지른 무례는 내가 대신 사과하마. 녀석을 즉각 근신에 처하고, 차차 공식 처분을 내릴 것을 왕태자 엘제스의 이름으로 약속하지."

왕족, 그것도 왕태자 엘제스가 서민과 하급 귀족에게 머리를 숙이는 전대미문의 장면에 관중들이 동요했다.

"피네, 어떻게 할래?"

"저요?"

"응. 이 이야기의 주역은 너잖아."

그녀는 순간 뭔가 생각하더니 엘제스의 앞에서 주눅 든 기색도 없이 입을 열었다.

"전하, 두 가지 확인을 부탁드립니다. 이 결투로 인해 애쉬 님이 처벌받을 일이 있을까요?"

"물론 그럴 일은 없다. 그는 우리 왕가의 보검을 대신 되찾았을 뿐이니까. 결투 또한 그에게 부정은 없었다. 만일 이에 불만을 제기하는 자가 있다면, 내 이름으로 보증하지."

"……감사합니다. 저희는 전하의 사죄를 받아들이겠습니다. 그러니 부디 고개를 드세요."

"피네 슈타우트 양과 애쉬 레벤 경의 배려에 깊이 감사하지. 그런데 두 가지를 확인하고 싶다 하지 않았나?"

"……혹시 저와 만난 적이 있으신가요?"

그 순간, 나는 귀를 의심했다.

피네가 왕립 마법 학교에 입학하는 계기는 엘제스를 산속에서 구해준 사건이다. 따라서 피네가 여기 있는 이상, 엘제스의 얼굴을 모르는 건 이상하다.

“아니, 오늘 처음 만나는군.”

그런데 모르는 사이라니? 그럴 리 없다. 피네의 왕립 마법 학교 입학을 추천한 사람이 엘제스가 아니라면 누구란 말인가.

“……그런가요?”

“더 묻고 싶은 게 있나?”

“아닙니다. 시간 내 주셔서 감사합니다.”

“괜찮다. 그럼.”

엘제스는 알베리히와 엘리제, 그리고 그 동료들에게 눈빛으로 사과를 재촉했다.

“알베리히, 무슨 수로 검을 꺼낸 거냐? 너는 어디 있는지조차 몰랐을 텐데? 설령 알았다고 하더라도, 이게 어떤 검인지 정녕 몰라서 이런 짓을 벌였나?”

“그, 그건…….”

“그리고 엘리제라고 했던가? 알베리히의 말로는 네가 이 검의 소재를 알려줬는데, 외부인인 네가 그걸 어떻게 알았지? 어설픈 변명은 안 통한다.”

“아, 그러니까, 그, 그게…….”

“자세한 건 기사단에서 철저히 추궁할 거다. 끌고 가라.”

여기사에게 보검 클리어를 정중히 건네받은 엘제스는 기사들에게 알베리히 등 공략 대상 4인방, 아니 바보 4인방과 엘리제를 연행시켰다. 그리고 다시 우리에게 머리를 숙인 뒤 콜로세움을 떠났다.

장내의 혼란은 여전했지만, 이로써 일단락되었다.

"일단 여기서 나가자, 피네."

"네……."

우리는 혼란을 틈타 콜로세움을 빠져나왔다.

"어찌저찌 거리까지는 나왔네."

"네……. 정말 피곤하네요……."

콜로세움, 그리고 학교 부지에서 빠져나오는 데 성공한 우리는 근처 카페에 들어가서야 긴장을 놓을 수 있었다.

거리의 사람들은 콜로세움에서 일어난 일을 모르는지 평소대로 일상을 보내고 있다.

당분간은 학교 기숙사가 아니라 집에서 다니는 게 좋을지도 모르겠군.

기숙사에 있으면 24시간 시선이 집중되어 숨이 막힐 것 같다.

"주문하시겠어요?"

그런 생각을 하고 있는데 점원이 와서 주문받는다.

물만 마시다가 돌아갈 수는 없으니, 뭐라도 주문하자.

"저는 아이스 커피로. 피네는?"

"그럼 전 오렌지 주스로."

"알겠습니다."

주문을 받은 홀 직원이 카페 안쪽으로 사라진다.

일단 이번 일로 학교 내에서 피네를 괴롭히는 학생은 거의 사라질 것이다. 혹 나타나더라도 그 멍청이는 상응하는 대가를 치르게 될 것이다.

하지만 학교 밖에서는 그렇게 단언할 수 없다.

나와 피네는 수도의 최상급 모험가나 기사단원들과 어깨를 나란히 할 만한 레벨을 갖추었지만, 정치적으로는 우리가 엘제스를 등에 업고 있다는 착각을 귀족들에게 안겨줬을 뿐, 실제로는 대항 수단이 없다.

귀족 중에는 마피아와 결탁한 자도 있다. 그들은 자신들의 손을 더럽히지 않고 나와 피네에게 간섭할 수단이 있다.

예를 들어 우리를 납치해서 자신들의 파벌에 가입시키거나, 엘제스에게 청탁을 넣도록 협박할지도 모른다.

그렇게 되면 피네를 누군가 신뢰할 수 있는 사람한테 맡겨야 할 텐데.

내가 신뢰할 수 있는 사람, 신뢰할 수 있는 사람……

'음. 아무리 생각해도 내 친구나 지인 리스트에는 그런 사람이 없는데.'

뒤늦게 빈약한 교우 관계를 고민하게 될 줄이야. 이럴 줄 알았으면 더 활발한 캐릭터처럼 행동해서 친구를 많이 사귀어 둘걸.

……뭐 금방 답이 나오는 문제도 아니지.

즉흥적으로 결정하지 말고 천천히 생각해서 정답을 찾아야지.

아참.

“피네, 엘제스 전하에게 했던 두 번째 질문은 무슨 의미가
있는 거야?”

“그게, 전에 산속에서 남자를 구한 적이 있다고 말했었
잖아요. 전하가 왠지 그 사람을 닮은 것 같아서…….”

피네의 생각은 틀리지 않았다. 《인연야회》의 줄거리는
그녀가 엘제스 왕태자를 구하는 것에서부터 시작되니까.
그러나.

“하지만 제 기분 탓이었나 봐요.”

“왜?”

“……산에서 만난 그 사람과 다르게, 오늘 뵌 전하는 세
속과 동떨어져 있다고나 할까, 두려움이 느껴지는 분이었
어요.”

……확실히 우리 앞에 나타난 엘제스는 어딘가 음침함
이 느껴지는 사람이었다. 게임에서는 등장이 적긴 해도,
일단 호감 있는 인물로 묘사된다.

더구나 당사자 두 사람이 “오늘 처음 만났다”고 말하니,
피네의 말처럼 다른 사람일지도 모른다.

하지만 그러면 이야기가 근본부터 어긋나는데…….

“아── 맞다. 제가 기숙사로 돌아가면 애쉬 님은 어떻
게 해요?”

그런 생각을 하고 있는데 피네가 묻는다.

“나는…… 당분간 저택에서 다닐 거야. 이번엔 내가 좀

과했던 것 같아서.”

과연 피네가 청소해 놓은 그 상태를 유지할 수 있지는 자신 없지만.

“애쉬 님, 저택을 지금 상태로 유지할 자신 있으세요?”

“……묵비권을 행사합니다.”

“각하합니다. 애쉬 님, 더러운 곳에서 살면 몸도 마음도 안 좋아져요. 건강한 생활을 하고 싶으면 깨끗이 청소하고——.”

“알았어, 알았다고. 하지만 귀족의 저택에는 보통 관리인이 있어서 주인은 대개 직접 청소하지 않는단 말이야.”

그건 사실이다. 귀족의 저택에는 입주 관리인이나 집사가 있어서 언제 손님이 와도 문제없도록 청결을 유지한다. 그래서 주인이 직접 저택을 청소하는 일은 거의 없다.

……그렇기 때문에 어느 정도 자립하라는 의미에서 왕립 마법 학교의 기숙사가 존재하는 거지만.

아무튼 입주 관리인이든 출퇴근하는 관리인이든, 그런 사람을 구해야 한다는 것은 변함없다.

“애쉬 님, 그 관리인 업무요, 저도 할 수 있을까요?”

“……뭐?”

그런 생각을 하고 있는데 피네가 긴장된 투로 뜬금없는 소리를 하기에 얼빠진 대답이 나와 버렸다.

피네가 관리인 일을? 나름 큰 고아원에서 청소한 경험이

있는 그녀라면 못 할 것도 없으리라. 아니, 그 쓰레기 저택
을 사람이 살 수 있는 공간으로 만들어 주었으니, 실무 능
력은 의심할 여지가 없다.

하지만.

"매일 수업을 듣고 저택을 돌본 다음 기숙사로 돌아가려
면 보통 힘든 게 아닐 텐데?"

"네. 그래서 말인데요, 애쉬 님만 괜찮으시다면 제가 관
리인으로서 같이 사는 거 어떠세요?"

……엥?

"아── 그, 그거 진심?"

"역시 민폐겠죠……?"

"아, 아니. 그런 건 아닌데……. 나랑 같이 사는 거, 싫지
않아……?"

"대은인이신 애쉬 님을 그렇게 생각할 리 없잖아요!"

"아니 그런 뜻이 아니라……."

으음── 그러고 보니 게임에서도 비슷한 이벤트가 있
었다.

공통 시나리오 초반에서 공략 대상 캐릭터와 한 지붕 아
래 살게 되는 이벤트였다. 고아원에서 어린 남자아이들과
함께 목욕하곤 했던 터라 별로 이성을 의식하지 않는 피네
와 공략 대상이 '진짜 같이 산다고?!' 하는 등의 대화를 나
누었었다.

"……알았어. 피네가 괜찮다면 그렇게 해. 그러면 급여를 협상해야겠군."

"필요 없어요! 재워 주시는 것만 해도 감사한데——."

"그건 안 되지. 관리인이나 집사도 돈을 받고 하는데, 예외는 없어. 그래야 나와 너의 관계가 위아래가 아닌 대등한 관계가 돼. 같이 산다면 반드시 그래야 해."

"아, 네……."

피네는 노동력을 제공하고, 나는 그 대가로 월급을 준다.

이를 소홀히 하면 '공짜로 먹여주고 재워 주니까 시키는 대로 해!'라는 식이 될 수도 있다.

물론 그럴 생각은 없고. 주목적은 피네가 집을 나와 자립할 수 있도록 하는 것이지만, 같이 산다면 대등한 관계를 의식하는 것이 옳다.

"이 문제에 관해 양보할 마음은 전혀 없어. 이게 같이 사는 최소한의 조건이야."

"으…… 알았어요."

"좋아. 결정이군."

나는 이렇게 말하고 오른손을 피네에게 내밀었다.

피네도 기쁜 기색으로 손을 내밀었다. 우리는 굳게 악수했다.

"그러면 일단 안정될 때까지 집주인과 입주 관리인으로서 같이 사는 걸로 하자."

"네!"

그리하여 우리는 기묘한 인연에서 공동생활을 하게 되었다.

※ ※ ※

결투로부터 일주일 뒤.

성 한 구석, 국왕과 일부 왕족, 그리고 제한된 외부인밖에는 모르는 방에 모인 자들은 한 사람을 제외하고 모두 엄숙한 표정으로 자리에 앉아 있다.

"국왕 폐하가 입실하십니다."

근위기사의 고지에 앉아 있던 이들이 벌떡 일어났다.

곧 흰색 셔츠 차림에 수염을 기르고 피곤한 얼굴을 한 장신의 호리호리한 남자—— 국왕 살루스 9세 들어오더니, 서 있는 사람들을 한번 둘러보고는 상석에 앉아 사람들에게 "편히 앉으라" 하고 권했다.

"——이번 건을 어떻게 처리하면 좋겠는가?"

살루스 9세가 엄숙하게 내뱉은 한마디에, 사건에 연루된 자들——의 부모 '맹장', '궁정 마법사장', '재무상서'의 얼굴이 창백해졌다.

"죄, 죄송합니다, 폐하! 제 우식에게 칩거를 명령했으나, 폐하가 명령하신다면 저도 같이 머리를 내놓겠습니다!"

'맹장'은 연극 배우가 아닌가 싶을 정도로 잔뜩 겁먹은 기색으로 살루스 9세 앞에 무릎을 꿇었다.

"너와 네 아들만의 책임이 아니다. 죄를 물어야 하는 것은 나도 마찬가지다."

살루스 9세는 이렇게 말하고, '궁정 마법사장'과 '재무상서'의 얼굴을 흘끗 본 뒤 진짜 권력자인 왕태자 엘제스에게 묻는다.

"이번 일에서 가장 무거운 죄를 저지른 것은 제 어리석은 동생과 그를 교사한 엘리제입니다. 왕가의 특권을 남용하고 왕국의 보물을 사사로이 반출한 죄를 어떻게 물어야 할지……. 원칙대로라면 극형을 내려야 하겠습니다마는……."

엘제스는 짐짓 생각에 잠긴 척하며 자리에서 일어나 방에 유일하게 나 있는 작은 창을 내다본다.

"그리고 이번 일에 엮인 애쉬 레벤과 피네 슈타우트는 어떻게 할까요? 그들이 더 큰 사고가 나기 전에 막는 공을 세웠습니다."

"엘제스, 넌 어떻게 해야 한다고 생각하느냐?"

엘제스는 살루스 9세를 돌아보고는 마치 무대 배우처럼 과장된 동작을 보이며 말했다.

"피네 슈타우트에게 용사 훈장을 수여하시죠. 그만한 공을 세웠으니 궁정 사람들도 납득할 것입니다. 문제는 애쉬 레벤입니다.”

이렇게 말하고, 물을 단숨에 들이킨 뒤 다시 입을 연다.

“듣자니 그는 준남작가의 차남이라더군요. 이 정도 공훈을 세운 자가 이대로 평민으로 전락하는 것을 보고만 있을 수는 없지 않나 싶습니다. 최근 궁정 귀족인 바이스 자작가를 계승할 자가 없어서 공문서에 ‘단절’이라고 명기되었다지요? 그 가문을 애쉬 레벤에게 잇게 하는 것이 어떻겠습니까?”

엘제스의 이 대답에 살루스 9세의 옆에 있던 ‘재상’이 공포로 몸을 부르르 떨며 반론했다.

“외, 외람되옵니다만, 전하! 용사 훈장은 그렇다 치더라도 준남작가의, 그것도 성인도 되지 않은 차남 이하의 자에게 자작 작위를 내리시는 것은 라크레시아 왕국 건국 이래 전례가 없습니다!”

차마 말은 못 했지만, 이 자리에 모인 극소수의 고급 관료와 기사, 각료들도 ‘재상’의 반박에 대해 같은 의견이었다.

귀족 중 가장 신분이 낮은 가문인 준남작가의 차남이 대가 끊기거나 왕국 및 왕에 대해 모반을 일으키지 않는 한 신분이 보장되는 세습 남작의 지위를 받는 것만으로도 이례적인 일인데, 한술 더 떠서 소멸 직전이라고는 하나 궁정 귀족을 계승하는 것은 전대미문의 일이다.

그러나 이 반응을 예상했던 엘제스는 마치 망가진 장난

감을 가지고 노는 듯한 눈으로 '재상'의 얼굴을 빤히 쳐다보았다.

"그러면 재상은 어떤 상을 내려야 한다고 생각하지? 절대 반출되어서는 안 되는 물건이 밖으로 나갔다. 그야말로 관련자들의 목이 줄줄이 날아갈 대형 사고지. 그걸 막아준 영웅 아닌가?"

"그, 그건……."

'관련자'라는 단어에 자신이 포함됨을 깨달은 '재상'은 식은땀을 흘리면서 꿀 먹은 벙어리가 되었다.

"그만해라, 엘제스. ……준남작가의 차남에게 자작의 작위를 주면 안 된다는 법률은 없다. 하지만 궁정과 기사단에는 그 조치에 반발하는 자가 있겠지. 동의를 얻지 못한다면 애쉬 레벤이라는 자도, 그리고 우리도 체면이 서지 않는다."

살루스 9세는 아들의 장난을 더는 두고 볼 수 없었는지 큰 한숨을 내쉬고는 '재상', 그리고 이번 사건에 아들이 연루된 세 명의 귀족을 편들고 나왔다.

"이, 이 그라임은 국왕 폐와 왕태자 전하를 위해서라면 언제든 이 한 몸 바칠 것입니다!"

"이 알바흐도 그라임 장군과 같은 생각입니다!"

"폐하, 그리고 전하! 이 베누스에게도 부디 협력하게 해 주시옵소서!"

그 광경에 엘제스는 미소를 지으며 다시 살루스 9세를 돌아보았다. 그리고 머리를 숙인다.

"국왕 폐하. 세 명의 처분은 질책 정도로 그치시지요. 이렇게까지 폐하께 충성을 맹세하는 자들의 아들이니, 주의를 주면 언젠가 이자들처럼 왕국을 위해 일할 것입니다."

"……좋다. 내 멍청한 아들과 엘리제 링슈타트의 처분에 대해서는 어떻게 생각하느냐?"

엘제스는 기다렸다는 듯이 입꼬리를 올렸다.

"왕립 마법 학교 대강당에서 두 사람이 나란히 애쉬 레벤과 피네 슈타우트에게 사죄하게 하는 것이 좋을 듯합니다. 두 사람 다 자존심이 세서 그런 것을 굴욕이라고 생각하는 성격인 듯하니까요. 그리고 죄인의 고해처럼 자유를 구속하면 더욱 효과적일 것입니다. 그들에게는 평생 잊을 수 없는 치욕이 될 것입니다."

"……네 생각은 잘 알았다. 하지만 그들의 최종적인 처분은 내가 결정하겠다. 이 이상의 개입은 허하지 않겠다."

"폐하께서 그렇게 말씀하신다면."

살루스 9세는 마지막으로 "피곤하군" 하고, 자리에서 일어나 방을 나갔다.

나머지는 그것을 지켜본 뒤, 엘제스가 방을 나오고, 이어서 각료들과 관료와 기사들도 퇴실했다.

자리에 남은 것은 '맹장'과 '궁정 마법사장', '재무상서'뿐이었다.

"그 새파랗게 어린 교활한 너구리한테 빚을 지다니…….
멍청한 아들놈, 그런 하급 귀족의 딸이 뭐가 좋다고 일을
이렇게 만들어?!"

'재무상서'가 의자에 깊숙이 앉아 분하다는 듯이 책상을
쾅 내리쳤다.

"자자, 베누스 경. 저희의 안전은 보장되었으니 이제 그
만하시지요."

"알바흐 경. 그 교활한 너구리와 엘제스 전하에게 약점
을 잡히고 빚까지 졌는데 그런 한가한 생각이나 할 때요?"

그들이 말하는 교활한 너구리란 드래곤을 죽이는 등 수
많은 위업을 세우고 다양한 직함을 가진 '천의 얼굴을 가
진 영웅' 왕태자 엘제스였다.

평민이나 궁정 밖 귀족들은 위풍당당한 걸물이라고 평
가받는 엘제스지만, 궁정 내에서는 정치력으로 다양한 파
벌을 뒤에서 조종하며 현 국왕 살루스 9세 이상의 권력자
로 군림하고 있다.

그래서 '성에서 살아남으려면 엘제스에게 얼마나 이익이
되는 인물인지 어필해야 한다'는 말까지 돌고 있었다.

"예정대로 엘제스 왕태자가 국왕으로 즉위하기를 기다
릴 수밖에 더 있겠소? 그러기 위해서라도 일단 애쉬 레벤
이 바이스 자작가의 가독 자리를 무사히 상속하도록 공작

하는 수밖에.”

‘궁정 마법사장’은 이렇게 중얼거리고는 아까 엘제스가 내다봤던 창문을 바라본다.

수도의 장엄한 거리 풍경이 노을에 비쳐 붉게 물들어 있었다.

※ ※ ※

“전하, 정말 이런 처분으로 끝내셔도 되겠습니까?”

엘제스의 방. 최소한의 가구만 놓여 있는 효율성 중시의 공간에서, 그의 충실한 여시종은 책상 앞에 일과처럼 서서 ‘국가 백년지대계’를 음미하고 있는 왕태자에게 말을 건넸다.

“뭐를 말인가?”

“이번 일 말입니다. 제2왕자 전하는 그렇다 쳐도 다른 자들은 극형을 받아 마땅합니다. 물론 평민들에게 사과하라는 처벌은 그자들에겐 견디기 힘든 굴욕이겠지만, 이번 조치는 전하답지 않습니다.”

“후훗, 인정머리 없기는. 그게 너의 장점이지만. ‘이레귤러’ 애쉬 레벤의 비범한 능력들, 그리고 피네 슈타우트의 ‘빛의 성녀’ 각성. 백 년 뒤에도 이 나라를 강하게 유지하려면, 그들에게 보낼 적당한 ‘적’이 필요해.”

“전자에 대해서는 전하께서 이미 그 수수께끼를 해석하셨을 줄 알았습니다만…….”

“확증을 얻을 때까지는 탁상공론에 불과해. 아무튼 지금의 우리에게는 그들을 연마할 외압이 필요해. 압력을 받아도 꺾이지 않을 강대한 힘, 그걸 손에 쥘 수 있다면, 백 년 후에도 건재할 거다. 그럴 수 있다면 설령 이 몸이 바스러지더라도 주저하지 않을 거다.”

“……그렇습니까.”

이야기를 다 들은 시종은 새삼 눈앞의 ‘괴물’에 대한 자신의 공포심은 틀리지 않았음을 확신한다.

‘영웅’으로서 국민들에게 사랑받는 겉모습, ‘흑막’으로서 궁정 싸움을 지배하는 뒷모습, 그리고 자못 ‘애국자’인 척하는 지금의 모습. 그 모든 게 이 남자의 본질이자 ‘괴물’의 얼굴이다.

이 괴물은 세상만사를 게임판과 말로 여긴다.

그는 백성들의 영웅을, 궁정을 지배하는 흑막을, 백 년을 내다보는 애국자를 연기하며, 게임 판 위의 등장인물들이 어떻게 움직이는지 관찰하는 걸 즐긴다.

만일 그가 ‘마왕’이라는 역할의 필요성을 느낀다면, 그 또한 주저하지 않고 실행할 것이다. 아니, 이미 ‘마왕’이라는 역할을 즐기기 위해 미치광이들을 길들이는 중이다.

그렇기에 시종은 공포심을 느끼면서도 눈앞의 ‘괴물’을

곁에서 모셔야만 한다. 국왕 폐하의 밀명에 따라, 이 괴물
이 재앙으로 진화하지 않도록 통제하기 위해서 말이다.
　"자, 빛의 성녀와 이레귤러, 이제 무엇을 보여줄 거냐?"

"저기, 애쉬 님, 안 돼요! 더는 안 들어가요……!"

저택의 한쪽, 정리를 마치고 드디어 원래 모습을 되찾은 방에서 피네가 애절한 눈빛으로 바라보며 말했다.

"무슨 소리야. 이제 막 시작했잖아."

"하지만 전 더 이상——."

"안 돼. 이거 끝나기 전까지는 놓아주지 않을 거야."

나는 책상 위에 놓인 《전기 역사 수업서》라는 교과서를 들면서 피네의 부탁을 일축했다.

내 단호한 선언에 피네는 눈물을 글썽거렸다.

"교과서를 전부 외우라니, 어떻게 그래요! 제 머리는 이제 더 안 들어간다고요!"

"이번 시험에 나올 법한 부분을 찍어 놓았으니까, 전부 외울 필요는 없어! 종합실력시험에서 상위권에 들어가려면 암기 과목에서 고득점을 받아 놓아야 한다고!"

우리는 책상 앞에 앉아 옥신각신했다.

우리가 왜 이렇게 시험 얘기를 하고 있느냐?

일의 발단은 몇 시간 전에 일어난 사건이었다.

※　※　※

"애쉬 님, 일어나세요. 아침이에요."

아침, 침대에서 자고 있던 나를 상냥한 목소리가 깨웠다.

눈을 뜨자, 교복 위에 앞치마를 두른 낯선 모습의 피네가 보였다.

"……좋은 아침, 피네."

"네, 좋은 아침이에요. 애쉬 님, 아침 식사를 차려 놓았으니, 자동 마법 세탁 건조기에 잠옷을 집어넣고 거실로 나오세요."

피네는 내가 눈을 뜬 걸 보자마자 커튼을 걷고 창문을 열었다. 아침부터 내 방에 햇볕이 쏟아져 내렸다.

"……그래."

막 일어나서 아직 머리가 멍한 나는 맥없는 대답과 함께 거실로 향했다.

오오, 오늘도 호화롭군…….

식탁에는 에그 베네딕트 토스트와 야채수프, 그리고 커피가 2인분씩 차려져 있었다.

"그럼 먹을까요?"

"응."

성여신교식 식전 기도를 올린 후, 토스트 위의 계란을 나이프로 잘랐다.

반숙 계란이 소스와 함께 토스트와 베이컨 위로 흘러내리며 식욕을 돋우었다.

토스트를 한 조각 잘라 먹자, 만족스러운 맛이 느껴졌다.

“오늘도 엄청 맛있어.”

“다행이네요.”

피네가 상냥하게 웃으면서 대답했다.

혼자 지낼 때는 통조림 같은 간소하고 간단한 게 주된 식사였다.

그런데 피네가 온 이후로는 아침마다 ‘식사’를 할 수 있게 되었다. 나로서는 너무나도 감격스러운 일이었다.

“잘 먹었습니다.”

“그럼 저는 빨래 좀 정리하고 올게요.”

피네는 재빨리 식사를 마치고는 부지런히 집안일을 한다.

나는 내심 그녀의 부지런한 모습에 감탄하면서 교복으로 갈아입고 학교에 갈 준비를 했다.

“그러면 나 먼저 갈게.”

“네. 다녀오세요.”

그리고 아직 집안일 도중인 피네에게 미안함을 느끼며 먼저 저택을 나섰다.

매일 같이 등교하면 무슨 소문이 돌지 알 수 없으니 어쩔 수 없는 일이다.

물론 나는 어엿한 고용관계라고 생각하지만, 남들도 그

렇지는 않을 것이다. 하물며 나는 그녀의 결투에 끼어든 이력까지 있지 않은가. 괜히 알려지면 무슨 문제가 생길지 알 수 없다.

이런 이유로 우리는 시간차를 두고 따로 등하교하며 지냈다.

"좋은 아침, 이안."

"좋은 아침, 애쉬."

등굣길, 이안을 발견하고 인사를 건넸다. 오늘의 그는 허리춤에 훈련용 모형 검을 차고 있었다.

"그건 왜 들고 왔어? 연습하려고?"

"뭐, 그렇지."

"흐음? 네가 웬일로?"

"오히려 그걸 보고도 아무렇지 않은 녀석이 어디 있겠냐……."

"뭐가?"

"아니야, 아무것도."

이안이 대답을 얼버무렸지만, 더 말해 줄 것 같진 않아서 넘어가기로 했다.

이후로는 가벼운 잡담을 나누었다.

"좋은 아침이에요, 이안 님!"

"좋은 아침, 피네."

도중에 집안일을 마치고 나온 피네가 뒤늦게 합류했다.

"이 녀석, 오늘은 제때 일어났어?"

"왜? 늦잠 자기를 바라셨나?"

"하하하……."

이안은 우리 생활 사정을 아는 유일한 학생이다. 그는 사실을 안 이후로 셋이 만날 기회가 있으면 이렇게 놀리곤 했다.

"……."

그렇게 길을 가던 중, 문득 피네의 얼굴이 어두워졌다.

아니나 다를까, 피네를 괴롭혔던 그 뚱뚱한 '금박 소매'와 똘마니들의 얼굴이 보인 탓이었다.

질리지도 않고 또 시비 걸러 왔나 싶어서 손에 힘이 들어가려던 찰나, 놈들이 우리를 발견하고 달려왔다.

"죄, 죄, 죄송했습니다!"

뚱뚱보와 똘마니들은 피네를 향해 납작 엎드리며 사과했다.

"아…… 네?"

"피네 님에 관한 소문이 유언비어인 줄 몰랐습니다! 부디, 부디 용서해 주세요!"

이 녀석들은 학생 식당에서 다른 학생들 앞에서 피네를 심하게 모욕했었는데, 그 모욕의 근거가 엘리제의 악질적인 유언비어임이 밝혀졌다. 그 결과, 이 '금박 소매'와 똘마니들은 피네에게 싹싹 빌기로 한 모양이었다.

그런데 ‘용서해 주세요’?

피네가 받은 고통과 상처는 말 한마디로 넘어갈 만큼 가볍지 않았다.

더구나 등굣길에 이런 식으로 찾아오는 건 그들에게나 유리한 거지, 그녀 입장에서는 당혹스러울 뿐이다.

내가 한마디 하려는데 피네가 만류했다. 그러고는 ‘금박 소매’ 녀석들에게 고했다.

“돌아가세요.”

“그, 그건 용서하시겠다는——.”

“돌아가라고 말했을 뿐입니다.”

“아, 안 됩니다! 피네 님께 용서받지 못하면 아버지한테——.”

“……”

역시 반성에서 나온 행동이 아니었는지 뚱뚱한 ‘금박 소매’는 피네의 다리에 매달렸다.

“하아……”

피네는 한숨을 쉬고, 자신의 등 뒤에 하얗게 빛나는 둥근 빛의 구를 출현시키더니 무표정한 얼굴로 담담히 경고했다.

“이게 마지막이에요. 돌아가세요. 그리고 두 번 다시 저한테 말 걸지 마세요.”

“히, 히이이익?!”

‘금박 소매’와 똘마니들은 비명을 지르며 달아난다.

“그럼 애쉬 님, 이안 님, 또 봬요.”

피네는 방긋 미소 지으며 이렇게 말하고, 자신의 교실이 있는 상급 귀족반 건물로 향했다.

“쟤, 성격이 좀 바뀌지 않았어?”

“그런가? 그래도 저만큼 단호하게 대응할 수 있으면, 걱정 안 해도 되겠네.”

나는 피네의 태도를 보고 안도감을 느꼈다.

“으으, 드디어 끝났다…….”

“왜 그렇게 피곤해 보이냐, 애쉬?”

오후 수업이 끝나자마자 늘어지게 기지개를 켜고 있으니, 이안이 그런 말을 했다.

“그럴 수밖에 없지. 선생님이고 학생이고 시도 때도 없이 내 눈치를 보잖아.”

“그야 그런 일을 벌였으니 당연하지. 일주일도 안 지났다, 야.”

‘그런 일’이란 콜로세움에서 있었던 나와 피네, 그리고 기사 4인방, 아니 바보 4인방과의 결투 소동이다.

결투에서 그 녀석들을 일방적으로 쓰러트린 결과, 학교에서 눈에 띄지 않는 학생 1로 지내던 나는 순식간에 인기

인이 되어 빛나는 청춘을──이 아니고 두려움을 사고 말
았다.

"히익?!"

"모, 목숨만은!"

나와 눈이 마주치면 선생님이고 학생이고 할 것 없이 비
명을 지르면서 달아나는 형편이다.

"역시 '유린자' 님. 시선만으로 학교를 지배하다니."

"그렇게 부르지 마라."

그렇다. 평범한 학생 1은 진화하여 '유린자'가 되어버렸다.

"한치에 자비도 없는 결투였다면서 학생들이 나를 그렇
게 부르기 시작한 걸 시작으로, 이제는 온 학교에 이 별명
이 퍼졌다.

하지만 선생님은 대체 왜 날 피하는 걸까. 지금 도망친
선생님은 검술을 가르치시는 현역 기사다. 기사가 학생을
상대로 비명을 지르면서 도망간다니, 말이 안 되잖아.

뭐, 그만큼 그 결투의 내용이 무시무시했다는 거겠지만.
실제로 알베리히한테는 좀 심했나 하고 내심 후회하고 있
기도 하다.

아무리 그래도 '유린자'는 아니지 않나 하고 강하게 항의
하고 싶다.

그렇게 생각하니…….

"네가 다른 사람들하고 다르게 평소처럼 말을 걸어줘서

얼마나 위로가 되는지 몰라.”

“내가 애쉬 너를 하루 이틀 알았냐. 그렇게까지 강한 줄
은 몰랐지만, 그래도 학교 내에 퍼진 소문처럼 피도 눈물
도 없는 사람은 아니라는 건 안다. 그리고 일부러 시간을
내서 연습에 참여하는 너를 보면, 사람들도 너를 다시 보
게 될 거야.

“이안, 넌 정말 좋은 녀석이야.“

“야, 껴안지 마. 난 그럴 마음 없어.”

“애, 애쉬 레벤 님? 교장 선생님이 부르십니다. 바로 교
장실로 가 주시겠습니까……?”

이안과 그런 대화를 나누고 있는데 담임 선생님이 잔뜩
겁먹은 얼굴로 나에게 말했다.

“알겠어요. 지금 갈게요.”

“네, 네?! 그럼 전 이만!”

담임 선생님은 전할 말은 다 전했다는 듯이 쏜살같이 그
자리를 벗어났다.

그런데 교장 선생님이 왜 날 부르시지?

“결투에서 너무 심했다고 혼내시려는 건가?”

“엘제스 전하가 죄를 묻지 않겠다고 했잖아. 그건 아닐
거야.”

“그것도 그렇네. 아무튼 교장실에 다녀올게.”

“응, 이따 봐.”

그리하여 이안과 헤어진 나는 학교 별관, 보통은 들어갈 일이 없는, 아니 그럴 기회가 없는, '금박 소매'들이 속한 상급 귀족반이 있는 3층 건물로 들어가 교장실을 찾아간다.

"야, 저기 저 녀석, 그때 그……."

"야, 보지 마. 얼굴을 외워놨다가 나중에 어떤 짓을 할지 모르잖아……."

어떻게 할 마음은 없지만, 뭐라고 해도 내 말은 듣지도 않겠지.

상급 귀족 중에서도 최상위, 대귀족의 자제들을 흠씬 두들겨 패고 왕족을 상대로 그런 짓까지 했으니, 그들이 보기에는 큰곰, 아니 드래곤이 건물에 침입해서 활보하고 있는 느낌이리라.

어차피 학교를 졸업하면 만날 일도 없는 사람들이니 어떻게 생각하든 상관없지만.

이런 생각으로 무수한 시선을 무시하고, 교장실이 있는 3층으로 올라갔더니 낯익은 여학생이 복도에서 어슬렁거리는 것이 보인다.

"피네? 여기서 뭐 해?"

"애쉬 님!"

아는 사람을 만나서인지 피네는 확 반가운 얼굴로 이쪽을 향해 달려왔다.

"교장실에서 부르셔서요. 애쉬 님은요?"

음? 피네도 불린 건가?

"나도 마찬가지야. 왜 부르신 거지?"

"애쉬 님도요……?"

"꾸중이 아니면 좋겠는데."

아무튼 직접 이야기를 들어봐야 이유를 알 것 같다.

"일단 들어가자."

"네."

나는 피네 옆에 나란히 서서 교장실 문을 노크하며 말한다.

"교장 선생님. 애쉬 레벤과 피네 슈타우트입니다."

"열려 있다. 들어와라."

문 너머로 들린 그 목소리는 왕립 마법 학교 입학식 때 장황하게 연설을 늘어놓았던 교장 선생님의 목소리였다.

그런 소동이 있었으니 혹시 해고당하시진 않았을까 생각했지만, 직장을 잃진 않으신 모양이다.

"실례합니다."

"그래, 왔구나."

이런 생각을 하면서 방에 들어가자, 대머리에 긴 수염을 기른 노인 마법사가 몹시 피곤한 기색으로 큰 한숨을 내쉬고는 우리 쪽으로 시선을 돌린다.

"……저희를 부르신 이유가?"

"그렇게 긴장할 거 없어. 나쁜 이야기도 아니고, 시간도 오래 걸리지 않을 거야."

교장 선생님은 진심으로 하기 싫다는 태도로 피네에게 머리를 숙였다.

"우선 피네 슈타우트, 너에 대한 악질적인 유언비어와 소문을 방치한 것을 정식으로 사과하마."

성의는 조금도 느껴지지 않았기에 오히려 더 화가 나는 말투였다.

만약 내게 벌어진 일이었다면 태부터 잘못됐다고 따졌을 것이다. 아니, 지금 당장에라도 그러고 싶다.

"고개 드세요. 전 다시 이렇게 사람들에게 도움이 되는 마법을 배울 수 있게 된 것만으로 충분합니다."

그러나 역시 여성향 게임의 히로인. 자기보다 몇 배나 나이가 많은 사람의 무례한 언동에도 성모 같은 미소로 답했다.

"그렇게 말해 줘서 나도 고맙구나. ……그리고 다음은 너, 애쉬 레벤."

아마도 지금부터가 본론이리라.

교장 선생님이 책상 서랍에서 신중하게 봉투를 꺼내더니 나에게 조심스럽게 내민다.

"황공하게도 국왕 폐하께 이 봉투를 너에게 전하라는 칙명을 받았다. 내용은 나중에 확인하도록."

"구, 국왕 폐하께서요……?"

국왕.

게임에서도 역하렘 루트에서 '빛의 보검 클리어'에 관한 이벤트 말고는 볼 일도 거의 없으므로 그다지 친숙하지 않은 인물이다. 게임이 현실이 된 이 세계에서는 식은땀이 절로 나올 만큼 외경심을 느끼고 있다.

이 상급 귀족의 자제들이 다니는 학교조차도 나에게는 별세계 같은 존재인데, 이 나라의 정점이자 성의 주인이 아닌가. 가히 이 세계의 신이라고 해도 좋을 만큼 외경스러운 존재이다.

그런 사람이 나 같은 하급 중에서도 하급 귀족에게 건네는 봉투…….

"이상이다. 그만 돌아가도 좋아."

"그럼 실례하겠습니다. ……가자, 피네."

"아, 네. 실례했습니다!"

곧장 피네의 손을 끌고 교장실을 나왔다.

나는 틀림없이 귀찮은 일에 휘말렸다.

※ ※ ※

"채소를 싸게 사서 다행이에요! 상품 가치가 없다면서 서비스도 이렇게나 주시고."

"그렇구나."

학교에서 돌아오는 길, 피네는 바구니 가득 담긴 채소를 보고 신이 나서 나에게 말한다.

그건 청과물 가게 주인이 너한테 반해서 그런 걸 거야.

피네는 관리인으로서 내 집에 들어와서 살게 되자마자 수도의 인기인이 되어, 장을 보러 가면 이렇게 덤을 받아오곤 했다.

"애쉬 님은 오늘 저녁 메뉴로 뭐가 좋으세요?"

"셰프한테 맡기겠습니다."

"음, 그러면 어제 남은 빵하고……."

저녁 메뉴를 진지하게 생각하는 피네가 흐뭇하면서도, 교장 선생님한테 건네받은 국왕 폐하의 편지를 생각하면 곧 가슴이 답답해진다.

결국 이런 날이 오고야 말았다.

멀리 보이는 내 저택이 가까워질수록, 그 봉투를 까볼 생각에 마음이 계속 무거워진다.

"피네, 난 집에 도착하자마자 그 봉투를 확인하고 있을 테니, 저녁 먹기 전까지는 혼자 있게 해줘."

"알겠어요."

사랑스럽게 경례하는 피네의 모습에 위로받으면서 나는 저택 문에 열쇠를 꽂는다.

……음, 누군가가 숨어 있는 기척은 없군.

"그럼 피네, 이따 봐."

"네! 저녁 식사 기대하세요!"

나는 피네와 헤어지자마자 곧장 내 방으로 가서 방문을 잠근다. 그리고 가방에 넣어 둔 봉투를 꺼내 페이퍼 나이프로 내용물을 조심스럽게 꺼낸다.

안에 들어 있는 것은 한 장의 편지지.

맨 밑에 국왕의 서명과 왕가의 인장이 있다.

그것만으로도 대단히 황송하지만, 그 이상으로 두려운 것은 반듯한 글씨로 적힌 그 내용이었다.

『레벤 준남작가 차남 애쉬 레벤, 그리고 피네 슈타우트에게 이번 공적을 인정하여 용사 훈장을 수여하노라. 추가로, 레벤 준남작가 차남 애쉬 레벤에게는 보검 탈환의 공을 인정하여 바이스 자작 작위를 수여하노라. 또한 서훈식 및 작위 수여식은 곧 있을 왕립 마법 학교의 마법 · 검술 실력 시험 성적 상위권자 표창식에서 왕태자 엘제스가 국왕의 대리인으로서 집전할 것이다.』

……네?

"전 용사 훈장을 받고, 애쉬 님은 자작 작위까지 받으시는 거예요? 아, 그러면 축하 케이크라도 사 올까요……?"

저녁 식사 후, 나는 피네에게 그 서한의 내용을 전달했다.

동거 중인 관리인, 게다가 그 사건의 당사자이기도 한 피네에게 어찌 이 사실을 알리지 않을 수 있겠는가?

이렇게 생각하고 말한 것인데, 원작 그대로, 아니 그 이상으로 귀족 사회를 잘 모르는 피네는 이해가 잘 가지 않는 듯했다.

"딱히 축하할 일은 아니야. 이 자작 작위는 위에서 이번 사건의 처리에 관해, 날 상대로 흥정한 거야. 그것도 거부권 없이 일방적으로."

"어…… 무슨 뜻이에요?"

"작위란 그렇게 쉽게 나오는 게 아니야. 상급 귀족과 혈연을 맺고 올라가거나, 전쟁 등 국가 중대사에서 공헌해야 나오는 거지. 하지만 어느 쪽도 현실에서는 좀처럼 일어나지 않아. 하물며 거의 평민이나 마찬가진 내게 작위가 떨어지는 건 천지개벽하는 소리에 가깝지."

나는 여기까지 말하고, 피네가 타 준 홍차를 마신다. 음, 이것도 맛있군.

덧붙이자면, 나는 준남작가의 차남이라 당연히 가독(가주) 자리와는 인연이 없다. 분가를 만들 정도로 공적을 올린 것도 아니고, 그럴 재산도 없다. 애초에 작위 계승이 없으니, 학교를 졸업하고 성인이 되면 진짜 평민이나 다를 게 없다.

상급 귀족의 경우는 가문을 이어받지 못해도 혈연이 사

라지지는 않으니, 귀족 출신 대우를 받는다. 그러나 우리 집은 준남작가이고 지명도조차 없으니, 어림도 없는 이야기다.

결국 라크레시아 왕국에서는 작위를 올릴 방법이 거의 전무하다.

그래서 상하 이동이 없는 귀족 대부분은 궁정에서의 거래나 투자 등으로 물질적 권력을 모으는 것을 성공으로 여긴다.

그런 가운데 준남작가의 차남이 자작 작위를 받는다? 궁중 귀족들에게는 몹시 충격적인 사건일 것이다.

귀족들 사이에서 도는 잡지로 가볍게 조사한 정보에 의하면, ‘바이스 자작가’는 영지가 없는 궁정 귀족으로 이름만 남은 상황이다.

전전대 당주가 아들이 없어 방계의 자식을 양자로 들였는데, 이런 노력이 허무하게도 일가가 사고로 죽는 바람에 대가 완전히 끊어졌다.

그리하여 지금은 귀족의 작위만 남았을 뿐, 실질적으로는 존재하지 않는 가문이다. 재산은 이미 국고로 환수되었고, 가신들도 이미 다 떠났기 때문에, 내가 받는 건 그야말로 허울뿐이다. 아마 마침 빈자리가 있는데 잘됐네, 하고 던져준 거겠지.

그러나 대외적으로는 내가 국가에 공헌하여 작위를 받

는 것으로 발표할 것이다. 그러면 사회에서는 나를 귀족으로 취급할 거고, 나는 귀족들의 이권 다툼에 여지없이 휘말리게 될 것이다.

이런 어려운 상황에서 내가 평안하게 지내려면 어떻게 해야 할까? 바로 내 편을 들어줄 귀족을 만드는 것이다.

그러나 공교롭게도, 나는 지금 나라에서 손꼽는 귀족들과 척을 진 상황이다. 그 바보 4인방을 두들겨 팼으니, 그 부모들이 좋게 여기겠는가?

그러니까 이 서신에는 이에 관한 일방적 흥정(거래)이 담겼다고 봐야 한다.

『특례로 작위를 내리고 그들과의 앙금도 없는 걸로 칠 테니, 너도 더 이상 그 결투에 대해 거론하지 마라. 설마 국왕 폐하의 자비를 무위로 돌리진 않겠지?』

요약하자면 이런 말이다. 결국 나는 향후 그 네 바보와도 친하게 지낼 수밖에 없다.

덧붙여서 작위 수여식을 왕태자가 직접 한다는 건, 거부하거나 도망갈 생각 말라는 의미다.

이런 것들을 자세하고 친절하게 설명하자, 피네가 불안한 표정을 지었다.

"그래서 애쉬 님의 표정이 줄곧 불편했던 거군요."

"뭐, 긍정적으로 생각하자면, 얌전히 행사에 나가 자작 작위를 받고 조용히 지내는 한 큰일은 없을 거야."

“네…….”

“그리고 용사 훈장은 정치적인 게 아니니까 좋아해도 돼. 매년 수여자 앞으로 공로금을 주니, 오히려 가문에서 독립할 수도 있지. 식전에 참석은 해야겠지만.”

용사 훈장은 평민이 받을 수 있는 훈장 가운데 가장 크다. 굳이 말하자면 준남작 같은 반쪽짜리 작위보다도 높은 권위다. 거기다 한평생 먹고 살기에 충분한 돈까지 주니, 나쁜 게 없다.

그런데 과연 내가 무사히 수여식을 마칠 수 있을까…….

현실이 되어버린 이 세계에서, 아무것도 없는 내가 의지할 구석은 게임의 잔재인 레벨 시스템뿐이다. 그 이외에의 분야에서는 우위를 장담할 수가 없다. 그런데 하필 게임에서도 최강인 왕태자가 상대라면, 레벨로도 우위를 장담하기 어렵다. 결국 나는 얌전하게 참석할 수밖에 없다.

심지어…… 이런 심란한 상황에서 종합 실력시험을 치르는 건가.

정말 새삼스럽지만, 서한의 내용을 보고서야 곧, 아니, 거의 일주일 후에 왕립 마법 학교의 종합실력시험이 있다는 것을 떠올렸다.

이번에는 시험 후에 훈장과 작위 수여가 있을 예정이니, 작년처럼 적당히 할 수가 없다. 너무 모양 빠지잖아.

나는 피네가 두 번째로 타 준 차를 한 모금 마시기 위해

찻잔으로 손을 뻗었다. 그러다가 문득 피네의 성적에 생각이 미쳤다.

"저기, 피네. 너 저번 종합실력시험 몇 등이었어?"

"네……?"

"종합실력시험 등수 말이야. 성적 표창식 다음에 용사 훈장 수여식을 한다잖아. 시험 결과가 높을수록 나중에 시상 받는데, 마지막에 훈장 받으러 나오는 사람이 성적이 낮으면 좀 그렇지 않겠어?"

작년 시험에서는 열심히 안 했는데, 올해는 전력으로 공부해야 할 것 같다. 어차피 알베리히 왕자와의 결투에서 평범한 이미지도 다 망친 참이고.

"아, 그게…….."

피네가 머뭇거리며 대답을 피했다.

"피네 양?"

"……잠깐만요. 작년 성적표를 가져올게요."

"아니 그냥 대충 순위만——."

"제 입으로 말하면 너무 창피하단 말이에요!"

그녀는 이렇게 외치고는 자기 방으로 뛰어갔다.

말하기 창피할 정도의 순위라고……?

내가 몹시 불길한 예감을 느끼면서 홍차를 마시고 있으니, 피네가 고개를 푹 숙인 채 거실로 돌아와 말없이 지난번 시험 점수 결과가 기록된 종이를 내밀었다.

“오오………….”

그리고 그 점수를 확인한 나는 왕립 마법 학교에 유급 제도가 없음을 감사했다.

피네의 종합실력시험 중 가장 높은 점수가 ‘하상(下上)’이었다.

종합실력시험은 필기와 검술, 마법, 세 과목을 본다.

피네는 엘리제 때문에 시나리오 이벤트의 혜택을 누리지 못했다. 그래서 레벨이 낮아 검술과 마법 실기시험의 성적이 썩 좋지 않았다. 다만 다행히도 올해는 나와 함께 레벨업을 했으니, 걱정할 필요가 없다.

문제는 필기시험이다.

피네의 각 과목 점수는 대부분 낙제 수준이었다. 암기 과목은 다소 나은 편이지만, 마법 이론과 수리 과목은 괴멸했다.

“피네?”

“네.”

“당장 시험공부 하자.”

“네…….”

나는 기출문제가 보관된 서재로 그녀를 끌고 갔다.

※ ※ ※

“……이 정도면 필기시험은 문제없겠어.”

종합실력시험 전날, 평소답지 않게 징징거리는 피네를 의자에 잡아 앉혀 놓고, 암기시킨 뒤 풀게 한 기출문제의 점수를 보고 나는 활짝 웃으면서 말한다.

“수고했어, 피네. 뭐 단 거 갖다줄까?”

“네, 부탁드려요…….”

피네는 책상에 엎드려 맥없이 대답한다.

마법 냉장고에 넣어 놓은 케이크를 가져다줄까. 시험공부도 열심히 했는데.

나는 그런 생각을 하면서 주방으로 향했다.

※ ※ ※

종합실력시험의 필기시험 결과 발표일은 수업을 하지 않고, 한 명씩 순서대로 자기 반 교실에 들어가 담임 선생님에게 성적표만 받은 뒤 하교한다.

처음부터 그런 구조였던 건 아니고, 매년 시험 결과에 충격을 받거나 불복해서 교사진에게 항의하는 학생이 나오는 탓에 그렇게 되었다.

“이럴 수가…… 그렇게 열심히 했는데…….”

“이런 결과는 말도 안 돼! 누군가가 날 함정에 빠뜨린 거야!”

그리고 유감스럽게도 금박 소매의 유무와 관계없이 올해도 그런 학생들이 수두룩했다.

나는 그런 꼴사나운 주장을 하는 학생들을 동정 어린 시선으로 바라보면서, 내 순서가 오기를 기다렸다.

"애, 애쉬 레벤 님! 드, 드, 들어오세요!"

담임 선생님의 겁먹은 목소리에 교실로 들어갔다.

"여, 여기 성적표입니다!"

"네."

담임 선생님이 덜덜 떨면서 성적표를 건넸다. 나는 그것을 받고 그 자리에서 점수를 확인했다.

'……생각보다도 더 잘 나왔네? 피네에게 공부를 가르친 덕분인가? 친구에게 가르쳐주면 자기 성적이 좋아진다더니.'

내가 말없이 성적표를 보고 있자니, 담임 선생님이 뭘 착각했는지 얼굴이 창백하게 질려서 조심스럽게 입을 열었다.

"그, 저기, 애쉬 님은 이 시험 결과에 납득하시는지……?"

"네? 아, 예. 작년보다 성적도 올랐고, 불만 없습니다."

내가 이렇게 대답하자 담임 선생님은 가슴을 쓸어내렸다.

아아, 이 선생님은 내가 다른 학생들처럼 반발할 걸 걱정했구나. 빨리 자리를 비켜주는 게 낫겠다.

"그럼 실례하겠습니다."

“네!”

그리하여 교실을 나온 나는 곧장 학교 건물을 나가려고
했다.

“들었어? 이번 필기시험에서 전과목 만점을 맞은 학생
이 있대.”

“진짜? 만점은 사상 최초 아니야?”

전과목 만점?

피네의 스테이터스가 상한치에 이르면 2주일 후 종합실
력시험에서 만점을 받는 이벤트가 발생하지만, 지금의 그
녀로서는 전과목 만점은 불가능하다.

“거기다 1학년이라며?”

“대단한데? 엄청난 천재잖아.”

1학년생이라면 피네는 절대 아니다.

그나저나 이 시험은 제법 어려운 편이라 한 과목 만점
을 받기도 어려운데? 그야말로 전생의 지식이라도 있지
않은 한──.

……설마, 나나 엘리제처럼 전생자인가?

문득 그런 생각이 뇌리를 스쳤으나, 소문을 물어봤다가
는 담임 선생님처럼 겁을 먹을까 봐 그냥 교문으로 향했다.

“아! 애쉬 님!”

학교를 나오자마자 피네가 밝은 목소리로 나에게 달려
왔다.

……애쉬라는 이름에 주위의 학생들이 모두 나에게서 시선을 돌린 것만 같지만, 거기에 대해서는 생각하지 말기로 하자.

"피네, 결과는 어때?"

"후후, 이거 보세요!"

피네는 자랑스러운 표정으로 점수가 적혀 있을 쪽지를 내밀었다.

이건 봐달라는 뜻이겠지?

그렇게 생각하기로 한 나는 곧바로 종이를 펼쳐서 점수를 확인했다.

"오, 오오? 마법 이론 성적도 꽤 좋아졌네!"

"헤헷, 감사합니다."

나는 예상외로 좋은 성적을 보고 그녀의 머리를 쓰다듬었다.

피네의 성적표는 지난번보다 훨씬 좋았다.

특히 힘을 쏟았던, 역사 등 암기 과목 이외의 교과 점수도 전체적으로 꽤 좋다.

레벨업을 할 때도 그랬지만, 주인공이라서 그런지 피네는 역시 머리가 좋다.

"네! 다 애쉬 님이 효율적인 공부법을 알려주신 덕분이에요! 정말 감사합니다!"

피네는 기쁜 듯이 나에게 이렇게 말했다.

……효율적인 공부법?

아, 그러고 보니 '수리 과목은 의욕이 없을 때는 공부해 봤자다'라고 했었던 것 같은데……?

"아니야, 피네가 노력한 결과지."

"하지만──."

"그리고 나도 너랑 같이 공부한 덕분에 성적이 올랐어. 오히려 내가 감사하고 싶은걸. 아참, 서로 좋은 점수를 얻었는데, 어디 외식이라도 갈까?"

"그럼 같이 잡화점 가요!"

"잡화점? 상관없지만……."

"그러면 지금 당장 가요!"

내 대답을 듣더니 피네가 한층 환한 미소를 짓는다.

피네가 이런 반응을 보이는 것을 보면, 그 잡화점이란 곳은 무슨 유명한 브랜드점인 걸까?

……일단 평소 지갑에 돈을 넉넉히 들고 다니긴 하지만, 부족하진 않겠지?

살짝 불안하지만, 먼저 잡화점에 들르자는 피네의 말에 우리는 수도의 번화가로 향했다.

"엥? 여기?"

"네. 왜요? 안 되나요?"

"아니, 그건 아닌데……."

피네에게 끌려간 곳은 지극히 평범한 시내 잡화점이었다.

진열된 상품도, 가격도 평범했다. 피네가 왜 이런 걸로 저렇게 환하게 웃는지 이유를 모르겠다.

"이거면 돼? 유명 브랜드로 가도 상관없는데?"

"조리도구나 식기를 사는 거니까 굳이 그럴 필요 없어요."

"아, 그래⋯⋯."

"애쉬 님. 이거랑 이거 중에 뭐가 괜찮아요?"

이런 생각을 하고 있는데 바구니를 팔에 걸친 피네가 가격표가 붙은 두 종류의 컵을 들고 묻는다.

오른손에는 싸구려 나무 컵, 왼손에는 고급 유리컵.

"음, 유리컵."

"알겠어요. ⋯⋯아참, 이건 애쉬 님이 고르셔야 해요. 저택에서 쓸 물건을 사러 온 거니까요."

"아, 그렇군. 알았어."

아마 나보다 피네가 물건 고르는 눈이 있을 것 같지만, 어쩔 수 없이 그녀에게서 바구니를 건네받고 가게 안에 진열된 잡화들을 구경했다.

"그래서, 새로 사야 하는 품목이 뭐야?"

"솔직히 말하면 전부 교체하고 싶어요. 가재도구가 하나같이 너무 낡았더라고요. 지금은 제 마법으로 그럭저럭 쓰고 있지만, 언제 망가져도 이상하지 않아요."

윽, 이것도 저택 관리를 소홀히 한 대가인가.

그러고 보니, 청소했을 때 나온 식기와 조리도구는 전부

지저분했었다…….

피네가 매번 마법을 걸어 겨우겨우 쓰고 있었을 줄이야.

나는 그녀에게 미안한 마음이 들어, 일단 이 잡화점에 있는 식기와 조리도구를 종류별로 사기로 했다.

배달은 주인에게 부탁해서 업자를 부르면 되겠지.

그런데, 뭐가 좋은 건지 나로서는 모르겠단 말이지…….

"채소나 과일을 자르는 기능이 있는 냄비……. 이거 편리하겠는데?"

"네?"

"전자동 재도장 기능? 이것도 편리해 보이네."

"저기요……?"

"우와, 이게 변신해서 칼을 갈아 준다고? 재미있겠다."

"저기요, 애쉬 님……?"

"오호, 가변 기능이 있는——."

"애쉬 님, 그만!"

닥치는 대로 비싸고 편리해 보이는 물건을 바구니에 담고 있으니, 피네가 내 어깨를 붙잡아 말렸다.

고개를 돌리자, 그녀가 무서운 미소를 짓고 있다.

"애쉬 님, 재미 위주로 고르고 계시진 않나요?"

"아, 아니야. 그냥 편리해 보이는 걸 골랐을 뿐이라고. 예를 들면 이 자동 칼갈이 기능이 있는 가변 부엌칼이라든가."

"그건 평범하게 칼갈이를 쓰면 되잖아요?"

“그런가?”

“제자리에 놓으세요.”

“……네.”

나는 피네 선생님에게 계획적으로 쇼핑하라고 혼난 뒤, 그녀의 지도하에 처음부터 물건을 다시 골랐다.

“오래 기다리셨습니다. 런치 메뉴인 포크소테 세트와 오므라이스 세트입니다.”

“포크소테 세트는 이쪽으로 주세요.”

잡화점에서 쇼핑, 아니 공부를 마치고 배가 고파진 우리는 마침 근처에 있던 캐주얼 프렌치 레스토랑에 들어가 런치 메뉴를 주문했다.

자리에 앉아 주문하자, 곧 홀 직원이 요리를 가지고 왔다.

내가 주문은 포크소테와 버섯 수프에 바게트가 세트, 피네가 주문한 것은 오므라이스와 콘소메수프에 샐러드 세트다.

“천천히 즐기십시오.”

요리와 계산서를 테이블에 올려놓고 꾸벅 허리를 숙인 뒤, 다른 손님이 있는 곳으로 간다.

“……그런데 그 점수로 종합실력시험 성적 상위권에 들어갈 수가 있어요?”

포크소테를 자르고 있는데 갑자기 불안해졌는지 피네가

묻는다.

“걱정하지 마. 내일 마법·검술 실기시험에서 제 실력만 발휘하면 성적 상위권은 거뜬해.”

“그, 그래요……? 그럼 다행이지만…….”

“걱정하지 마. 우린 그 기사 4인방과의 결투에서 이겼고 던전도 클리어했어. 그러니까 오늘은 쓸데없는 생각 말고 푹 쉬어.”

지금 피네의 레벨은 전교 최상위이다. 남은 시험의 내용을 생각하면 그녀가 불안해할 필요는 없다.

“……알겠어요. 그러면 그만 불안해할게요.”

피네는 그제야 자신이 주문한 메뉴를 먹기 시작한다.

“그나저나 피네 선생님이 없었다면 그 잡화점에서 지갑이 탈탈 털렸을 거야. 고마워, 덕분에 살았어.”

“정말로요. 그런 식으로 쇼핑하면 순식간에 파산이에요.”

“알았어. 앞으론 조심해서 살게.”

그런데 이렇게 대화를 나누고 있으니 어쩐지.

“피네는 뭐랄까, 아내 같은 말을 하네.”

“네에?!”

“집안일도 완벽하고, 돈 관리도 확실하고, 피네를 아내로 맞이하는 사람은 분명히 행복한 사람일 거야.”

그런 기회를 날린 알베리히 왕자를 비롯한 바보 4인방은 참 아까운 짓을 했다.

이렇게 생각하면서 포크소테를 잘라 입으로 가져가는
데——.

"아, 아내……. 제가……."

피네는 귀까지 빨개져서 내 말을 반복하고 있었다.

얼굴이 붉어지는…… 잠깐? 이런 것도 성희롱이 되나?

심지어 어쩌면 이번이 처음이 아닐지도 모른다.

피네의 반응에 나는 식사는 뒷전이고 식은땀이 줄줄 나
기 시작했다.

"불쾌하게 들렸다면 미안해. 배려가 부족했어. 정말, 정
말 미안해!"

"아, 아니에요! 기분이 나쁜 게 아니라 단지……."

"단지?"

"아니에요, 신경 쓰지 마세요! 전 정말 불쾌한 거 아니
에요!"

"그렇다면 다행이고……."

이렇게 생각하면서 포크소테를 입으로 가져간다. 음, 맛
있어.

그때 문득 뒷자리에 앉은 상인들 쪽에서 뭔가 심상치 않
은 이야기가 들렸다.

"공화국 얘기 들었어? 난리가 아니라던데."

"들었지. 정권을 두고 다투다가 양대 파벌의 주요 인물
들이 모조리 저세상에 갔다는군. 지금은 제3세력이 생겨

나서 분쟁 중이라고 하니, 한동안 장사는 물 건너갔지.”

공화국은 이곳 기준으로 남쪽에 있는 나라로, 비교적 근래에 왕을 끌어 내리고 정치 체제가 바뀌었으나, 정세를 회복하지 못하고 휘청거린다는 소식이 잦은 곳이었다.

이 이야기는 《인연야회》에는 나오지 않기 때문에 자세히는 모른다.

나는 멍하니 이렇게 생각하면서 눈앞의 요리로 신경을 돌리기로 했다.

“내가 아내…… 헤헷…….”

"여러분, 오늘 마법·검술 실기시험은 전학년 통합으로 진행합니다! 각자 안내에 따라 움직이시기를 바랍니다!"

필기시험 결과가 발표된 다음 날, 우리는 마법·검술 실기시험의 수험 번호를 받으러 콜로세움에 나와 있었다.

왕립 마법 학교에는 중간·기말고사 대신, 1년에 두 번, 여름과 겨울에 각각 닷새간 치러지는 종합실력시험을 치른다.

먼저 필기시험을 사흘간 치르고, 나흘째는 결과를 발표한다. 닷새째에는 마법·검술 실기시험을 치르는데, 기사단과 궁정 마법사들이 학생의 실력을 직접 평가한다.

요컨대 우수한 성적을 내면 그들의 눈에 들 수 있다는 의미다. 졸업 후 진로 선택에 유리해진다고 보면 된다.

그래서 학생들에게 실기시험은 인생을 좌우하는 중요한 자리다.

시험 기간에는 수업이 없고, 모든 학생은 시험이 완전히 종료될 때까지 하교할 수 없다.

사실 평소라면 아무래도 좋은 규칙이었지만, 지금의 내게는 아니었다.

"쟤가 왕자 전하를 때려눕혔다는 애지?"

"우와 온몸에 피를 뒤집어쓰고 웃고 있어……."

"……미쳤나봐."

하아…….

온 학생이 학교에 머무는 탓에 나는 온갖 시선을 한 몸에 받는 중이었다.

어째 소문이 가라앉기는커녕 불어나는 기분이다. 너희 눈에는 내가 괴물로 보이냐?

"애쉬!"

그때 해맑게 나를 부르는 목소리가 들렸다. 이안이었다.

"아, 이안. 넌 몇 번이야?"

"마법은 190번, 검술은 105번. 넌?"

"마법은 423, 검술은 441. 둘 다 뒤쪽이야."

왕립 마법 학교의 재적 학생은 약 500명 전후. 400번 대라면 거의 마지막 순서다.

마법·검술 실기시험에서 자기 순서를 기다리는 학생들은 콜로세움 관중석에서 다른 학생들의 실기를 지켜보게 되어 있다. 즉 나는 종일 여기서 지내야 한다는 의미다.

'금박 소매'들은 이 기회에 유능한 애들을 자기 파벌로 포섭한다는데, 솔직히 나와는 무관한 이야기다.

"하아, 운도 없지……."

내 불운에 한숨을 쉬면서 주위를 둘러보았으나, 피네의 모습은 보이지 않았다.

혹시 벌써 시험을 치르러 들어간 걸까?

"애쉬, 일단 들어가서 좋은 자리 맡아놓자."

"그래. 그리고 미안한데, 400번 대가 되면 좀 깨워줘. 그동안 자야겠어."

"다른 애들 하는 거 안 보려고?"

"어. 다른 애들 시선이 피곤해서 안 되겠다."

"아 그렇겠네. 알겠어. 그래도 나 하는 건 보고 자라."

"그래."

우리는 이런 대화를 나누면서 콜로세움의 관중석으로 향했다.

……역시 없네.

마지막으로 다시 고개를 돌려 피네를 찾아보지만, 인파 속에 그 특징적인 분홍 머리카락은 보이지 않았다.

역시 먼저 들어갔나?

나는 얌전히 콜로세움으로 들어갔다.

※ ※ ※

"이제 곧 마법 실기시험을 개시합니다. 수험 번호 1번부터 100번까지 콜로세움 중앙으로 모여 주시기를 바랍니다."

교사의 말에 이미 중앙 투기장 부근에서 파벌이나 그룹별로 모여 있던 100명의 학생이 일제히 한곳으로 모인다.

“애쉬, 쟤 피네 아니야?”

주변의 시선을 피해 관중석 맨 꼭대기에서 새가 몇 마리 인지 세던 내 어깨를 이안이 두드렸다.

이안이 가리키는 방향을 보니 피네의 모습이 있었다.

자리로 보아 피네는 50번 대였나.

곧 마도구로 확성된 교사의 목소리가 콜로세움에 울려 퍼졌다.

“그러면 지금부터 마법 실기시험을 시작하겠습니다! 1번 부터 차례대로 마법을 쏘세요!”

오전 중에 치러지는 마법 실기시험은 각자 자신 있는 마 법을 궁정 마법사가 준비한 특수 마법으로 방어된 마물 모 양 표적에 맞추는 것이다.

이 시험은 어디까지나 실력을 진단하기 위한 것이기 때 문에 모든 학생은 학교에서 제공하는 지팡이를 써야 한다.

“파이어 볼!”

“윌리엄 아레타, 65점!”

그리고 지금처럼 표적을 향해 마법을 쏘면 시험관이 위 력과 완성도, 발동 속도 등을 종합해 100점 만점으로 점수 를 매긴다.

그러나 이 마법 실기시험에서 나오는 마법들은 화려하 기만 할 뿐, 게임이나 던전에서 몬스터들이 쓰는 마법에 비해 실전성이 없어서 배울 게 하나도 없다.

그래도 이 학교 학생인 이상, 다른 동년배들보다는 훨씬 잘하는 편이지만.

"오, 피네 순서다!"

그렇게 멍하니 바라보고 있으니 드디어 피네의 순서가 돌아왔다.

게임에서는 '성마법'으로 표적을 감싸 점수를 받았었는데, 피네는 어떻게 하려나.

"이얍!"

피네가 지팡이를 표적으로 향하자, 공중에 마법진이 여럿 나타나더니, 표적을 뒤덮을 만큼 빛줄기가 우수수 쏟아져 나왔다.

"피네 슈타우트! 95점!"

"95점?! 역대 최고점 아니야?"

"아마도."

게임에서는 레콘이 다섯 속성의 마법을 조합시킨 공격을 선보이고 91점을 받았는데, 그때도 "왕립 마법 학교 사상 이래 최고 득점"이라고 엑스트라들이 떠들어댔다.

하물며 그보다 높은 95점이면 말할 것도 없다.

실제로 학생들은 피네가 선보인 미지의 마법과 놀라운 점수에 술렁거렸다.

내가 레벨업을 도와주긴 했지만, 마법을 알려준 적은 없다. 즉 스스로 익혔다는 의미다. 정말 대단하네.

그녀의 성과에 감탄하고 있으니, 나와 눈이 마주친 피네가 손가락으로 V사인을 보냈다.

솔직히 남몰래 저렇게 노력했을 줄은 몰랐다. 시험이 끝나면 뭐라도 쥐여주고 칭찬해야겠다.

"101번부터 200번까지 중앙으로 집합하세요!"

"드디어 내 차례네. 기대해라, 애쉬."

"그래, 잘하고 와."

그때 장내 안내 방송이 흐르자, 이안이 자리에서 일어났다.

이 녀석은 그 훈련으로 어디까지 성장했을까? 제대로 확인해야지.

"휴, 겨우 왔네……."

그 뒤로 한동안 지루한 마법이 이어져 꾸벅꾸벅 졸고 있는데, 익숙한 목소리가 들렸다.

여기까지 오는 동안 궁정 마법사 등 이 사람 저 사람에게 엄청나게 붙잡혀 있었나 보다.

그렇게 아름다운 마법을 선보였으니 당연하다면 당연하지만.

"수고했어, 피네. 그리고 사상 최고 득점, 축하해."

"가, 감사합니다. 다 애쉬 님의 훈련 덕분이에요."

"아니야, 내가 도운 건 레벨 업 정도인걸. 그건 피네의 노력이야."

"그, 그럴까요……?"

이런 대화를 나누고 있는 사이에 이안이 투기장에 나타났다. 평소답지 않게 긴장한 얼굴이었다.

그는 학교 비품인 마법봉을 움켜잡더니 표적의 주위에 소용돌이를 일으켰다.

"저건 무슨 마법일까요?"

"윈드 록이야. 소용돌이로 대상을 가두는 거지."

이안은 바람 속성 마법이 특기이다.

'윈드 록'은 활용하기가 까다롭지만, 잘 응용하면 다양한 용도로 쓸 수 있다.

단순히 적을 구속하거나 지속적인 대미지를 줄 수도 있고, 위력을 조정해서 더 높은 위치로 짐을 운반할 수도 있다.

이런 응용 마법은 제법 숙달이 필요하기에, 이런 시험에서 실력을 뽐내는 데 곧잘 사용하곤 한다. 그래서 채점자는 응용 마법을 초급 마법보다 더 엄격하게 채점한다.

하지만 이런 문제는 이안 모레프에게는 사소한 걱정이다.

이안이 마법을 변형하자, 관중석에 앉은 학생들과 궁정 마법사들이 웅성거렸다.

'윈드 록'은 마물 모양 표적을 투기장의 상공으로 던져버리더니, 무수한 회오리바람으로 변해 표적을 난도질했다.

마법이 끝나자, 잔해가 된 표적이 투기장으로 맥없이 추락했다.

"오, 아직 어린데 저렇게까지 응용하다니……!"

"대단해……!"

"쟤 누구야?!"

"이안 모레프, 80점!"

"예스!"

이어 관중석에서 그 화려한 마법에 대한 환호성이 터져 나왔다.

오늘 점수 중 피네에 이어 두 번째로 높은 성적이다. 이안이 주먹을 불끈 쥐었다.

피네의 위협적인 95점에 비하면 낮게 느껴지지만, 80점도 최근 십수 년 동안 최고 득점이다.

얼마 뒤 관중석으로 돌아온 이안은 만족스러운 표정으로 내 어깨에 팔을 두르며 말했다.

"애쉬! 어떠냐!"

"수고했어. 훈련 성과가 확실한데."

"응! 다 네 훈련 덕이야! 아, 너 피네 슈타우트 맞지?"

"아, 네."

"역시. 난 이안 모레프. 모레프 준남작가의 장남이자 네 사제야. 잘 부탁해!"

"아, 네. 저기, 사제라는 게……?"

"우리 둘 다 애쉬를 스승님으로 모시잖아. 네가 먼저 입문했으니 누이가 되는 거고, 나중에 입문한 내가 동생이 되는 거지."

"저기 애쉬 님, 이게 무슨 말인지……?"

나는 한숨을 쉬며 이안의 머리통을 때린다.

"느닷없이 그렇게 설명하면 알아듣겠냐?"

"아얏, 아 미안, 피네."

나와 이안은 피네에게 스승과 제자에 관한 이야기를 자세히 설명했다.

왜 이런 상황이 됐는가. 사건의 발단은 콜로세움에서 결투가 있었던 다음 날, 알베리히 왕자 등 바보 4인방의 패배가 전교를 뒤흔들었을 때의 일이다.

"제발! 다음 마법·검술 실기시험 전까지 마법 훈련을 시켜줘!"

이안이 무릎까지 꿇고 나에게 이런 부탁을 했다.

이안도 결투를 봤을 것이다. 그런데도 평소처럼 나를 친근하게 대하면서 훈련을 부탁했다.

그래서 당시는 이안이 제정신인가 의심했었고, 실제 그 자리에서 "보건실에 데리고 가줄까?"라고 되묻기도 했었다.

그러나 이안은 "남자로서 진지하게 부탁하는 거야"라며 끝까지 일어나지 않았고, 나도 "그렇게까지 말한다면……" 하고 그의 부탁을 받아들였다.

하지만 나는 특별히 마법 재능이 뛰어난 게 아니다. 레벨이 작중 보스들보다 높지만, 그게 전부다.

실기시험까지 시간이 얼마 안 남은 상황에, 극적인 성장은 기대하기 어렵다.

그렇지만 조언은 해줄 수 있다.

레콘의 루트로 들어가면 중반쯤 갔을 때, 전설의 대현자가 남긴 비전서를 찾기 위해 던전에 들어가는 에피소드가 있는데, 그 비전서에『마법이란 모두 마법사의 상상력에서 비롯된다. 최고의 마법사는 곧 가장 뛰어난 상상력을 가진 자다』라는 문구가 나온다.

기존의 상식대로 마법을 배워온 이들에게는 다소 허무해지는 내용이었을 거다.

그러나 막상 이 세계로 와서 체험한 결과, 대현자의 주장이 옳았다는 걸 여실히 느꼈다.

예를 들어 '파이어 볼'은 단순한 구형이지만, 분열하여 목표물을 향해 날아가는 이미지를 부여하면 그대로 반응한다.

물론 상상을 마법에 반영하는 연습이 필요하고, 요구가 복잡할수록 마력도 많이 먹는다.

즉, 꾸준한 이미지 트레이닝과 충분한 마력만 갖추면, 강력한 마법사로 성장할 수도 있다.

그래서 나는 이안을 레벨링하여 마력량을 늘리고 비전

서의 조언에 따라 이미지 트레이닝을 시켰다.

이 수행의 결과물이 바로 오늘 선보인 '윈드 록'이다.

그 트레이닝은 나에게도 매우 의미 있는 것이 되었다.

"401번부터 500번까지 중앙으로 집합하세요!"

"내 차례군."

"기대하고 있을게, 애쉬 스승님!"

"여, 열심히 하세요!"

"응, 최선을 다할게."

나는 안내에 따라 투기장 앞으로 향했다. 이번에는 내가 트레이닝의 성과를 선보일 차례다.

"워터 레이저!"

"시실리 맥드레아, 43점!"

여학생이 잔뜩 긴장한 표정으로 초급 마법인 '워터 레이저'를 발사했으나, 솔직히 말해서 장난감 물총을 보는 기분이었다.

그래도 40점은 받았군.

"그, 그러면 다음! 423번 애쉬 레벤!"

"네."

다른 학생들의 마법을 느긋하게 보고 있으니 내 순서가 돌아왔다.

콜로세움 중앙에 서는 건 결투 이래였다.

"그, 그러면 이 마물 모양 표적에 자신 있는 마법을 쏘세요!"

"알겠습니다."

겁에 질린 교사의 태도에 속으로 진저리를 내면서 지팡이를 단단히 쥐었다.

이 콜로세움의 관중석은 보기에는 무방비하나 마법으로 보호 중이다. 다소 화려하게 해도 피해가 가지는 않을 것이다.

나는 지팡이에 내장된 수정의 마력 조작을 의식하면서 휘휘 저어가며 바람, 불, 물 마법을 발동해 구름을 만들었다.

곧 콜로세움 상공이 새까만 구름으로 뒤덮였다. 구름은 점차 커져 마왕성도 뒤덮을 만큼 거대해졌다.

"뭐, 뭐야 이게?!"

"하늘이 시커매……!"

"이게 뭐야…….”

"여신님, 살려주세요……!"

관중석에 앉은 학생들은 그 광경을 보고 겁에 질렸고, 급기야 신께 기도하는 사람까지 등장했다.

음, 아직 60% 정도밖에 못 만들었는데, 더 했다가는 관중들이 혼란에 빠질 것 같다.

나는 높이 들고 있던 지팡이를 목표물을 조준하여 휘둘렀다.

그와 동시에 콜로세움 상공의 검은 구름에서 빛이 뿜어

져 나와 시야를 완전히 뒤덮었다.

이어 이번에는 고막을 찢는 위력적인 소리가 울려 퍼졌고, 다시 차츰 하늘이 맑게 개기 시작했다.

"표적을 교체하시오."

긴장과 공포로 교사도, 시험관도, 관중석도 침묵하는 가운데 가장 먼저 입을 연 것은 시험관으로 참여한 노련한 궁정 마법사였다.

"교, 교체하라고요? 왜 갑자기……?"

"저 꼴을 보고도 모르겠소?"

노마법사의 지적에 시험관은 방어 마법을 발동하고 표적에 손을 댔다. 그러자 표적이 부스스 흩어져 버렸다.

어? 게임에서는 한 번도 부서진 적이 없었는데……?

"이, 이럴 수가……! 궁정 마도사가 공격해도 버티도록 만들었을 텐데……?"

"이미 파괴된 걸 부정해서 어쩌겠나. 예비가 있으니 가져오시오."

"알겠습니다!"

허둥지둥 움직이기 시작하는 시험관들을 태연히 앉아 지켜보는 노마법사.

나는 조심스럽게 그에게 말을 걸었다.

"그, 저기…… 제 점수는……?"

"만점이다. 그런 대마법을 고작 세 속성만으로 성공한

자는 유사 이래 자네가 처음이야. 혹시 졸업 후에 궁정 마법사 할 생각 없나? 진심으로 환영함세.”

“아, 아하하. 새, 생각해 보겠습니다…….”

틀림없이 최고의 찬사였다.

표적을 파괴해서 실격당하면 어쩌나 했는데 도리어 칭찬을 받았다.

다만 궁정 마법사가 될 생각은 아직 없으므로 어색한 미소를 지으며 대답을 얼버무렸다.

“애쉬 레벤, 100점!”

노마법사의 말을 듣고 교사가 뒤늦게 내 점수를 목청 높여 선언한다.

그렇게 내 마법 실기시험은 적지 않은 혼란을 일으키며 끝이 났다.

“애쉬 님, 만점 축하드려요! 엄청난 마법이었어요!”

“고마워, 피네.”

오전 마법 실기시험이 끝나고, 우리는 학생 식당에서 샌드위치 따위를 사서 조용한 곳에서 점심을 먹기로 했다.

“에잇, 최소한 3위 안에는 들 줄 알았는데…….”

피네는 천사처럼 맑고 해맑은 미소로 나를 칭찬하는 한편, 이안은 마법 실기시험 결과가 썩 만족스럽지 못한 모양이었다.

나 이후에 500번 학생이 90점을 받으면서, 이안이 4위가 되고 말았다. 듣자니 1학년이었다는데.

그래도 전년에는 30점대던 '민무늬 소매'가 지금은 베스트 5안에 들었으니, 대약진인데 말이지.

"그런데 이안, 끝나고서 묻는 게 좀 이상하긴 한데……왜 갑자기 열심히 하려는 거야?"

"아, 창피한 이야기지만, 우리 집은 아직 후계자가 정해지지 않았거든."

"어? 너 장남이라고 하지 않았어?"

"장남 맞아. 그런데 요즘 분가한 할아버지가 우리 가문을 넘보고 있거든."

모레프가의 분가인 카프스 모레프가의 당주 '고르드'는 궁정 마법사로서 출세 가도를 달리는 사람이라고 한다. 그런데 그 고르드가 본가의 가신 일부와 결탁하여, 본가 당주인 이안의 아버지를 몰아내고, 자신이 그 자리에 앉는 모략을 꾸미는 중이라고 한다.

"할아버지…… 고르드는 자기 계획을 위해 아직 10살밖에 안 된 내 여동생을 아내로 삼을 생각인 거 같아. 봄에 잠시 귀가했을 때, 동생이 나한테 울면서 그러더라고. 시집가고 싶지 않다고……."

"어…… 그러니까, 장래 유망한 학생으로 주목받아 그 고르드인지 하는 놈과 가신들의 계획을 저지하겠다는 말이지?

실기시험에서 전교 5위 안에 들었으면 충분하지 않아?”

“아니, 부족해. 고르드에게 붙은 가신들을 정신 차리게 하고 동생을 지키려면 더 강한 힘이, 공적이 필요해……!”

“모레프 님…….”

여동생을 위해서라고 말하며 주먹을 불끈 쥐는 이안을 피네가 걱정스럽게 바라본다.

……이런 이권 다툼은 제법 흔한 일이다. 영지 귀족이라면 더더욱 그렇다.

영민들은 더 나은 삶을 위해 유능한 영주를 더 선호할 거고, 가신들도 별반 다르지 않다.

게다가 고르드의 수법은 합법적이다.

10살짜리 딸과 결혼한다는 것도 귀족들이 보기에는 본가의 핏줄을 남기겠다는 자비심으로 해석되기 때문에 저항 없이 받아들여지는 수단이다.

무엇보다도 치명적인 것은 이안의 아버지가 가신들로부터 고르드파 가신들을 제거할 만한 충분한 신임을 얻지 못했다는 점이다.

고르드를 새로운 당주로 맞이하고 싶어 하는 사람은 이안이 생각하는 것보다 훨씬 많다고 봐야 할 것이다.

이 상황을 바꿀 정도의 공적이라…….

“미안, 쓸데없는 불평이나 늘어놓고. 애쉬, 네가 없었다면 4위도 못 했을 거야. 정말 고마워.”

이안이 화제를 돌리면서 나에게 머리를 숙인다.

"저기, 모레프 님. 제가 뭐 도울 일이 있으면——."

"피네도 신경 쓰지 마. 이건 내 문제니까. 분위기 이상하게 만들어서 미안. 오후 검술 실기시험도 힘내자."

이안은 이렇게 말하고 다른 곳으로 간다.

"……애쉬 님. 모레프 님을 위해 우리가 할 수 있는 일 없을까요……?"

안 지 얼마 안 되는 상대를 이렇게까지 생각해 주다니.

피네의 히로인력, 아니 천사력은 정말 대단하구나. 너무 그래도 아무한테나 막 속을 것 같아서 불안하지만.

"……우리가 할 수 있는 게 없지는 않지."

"?"

"이안은 아직 자신의 힘으로 어떻게든 해볼 생각이야. 고르드인지 뭔지 하는 놈이 가문을 빼앗으려는 것도 하루 이틀 일이 아닐 거고. 우리는 그의 의지를 응원하면 되지 않을까 싶어."

"네. 저도 그렇게 할게요!"

"곧 검술 실기시험을 시작하겠습니다. 전교생은 콜로세움에 집합해 주세요!"

그때, 교내에 마법으로 안내 방송이 울려 퍼졌다.

"이안 말대로 오후 시험도 힘내 보자."

"네!"

검술 실기시험은 모두가 같은 검을 써서 시험을 본다. 방어 결계를 두르고 투구와 갑옷을 착용한 모의전투용 골렘과 1:1로 싸우는 형식인데, 당연히 마법은 사용 금지다.

골렘의 방어 결계나 장비가 파괴, 또는 학생이 항복하면 시험이 종료된다. 점수는 시합 내용을 채점하여 산출한다.

평가 항목은 검을 얼마나 잘 다루는가, 육체를 얼마나 단련했는가 하는 점이다.

설명이 장황했는데, 게임에서 실기시험은 공통 루트인 1학년 때만 발생하는 이벤트로, 플레이하다 보면 자연스럽게 클리어할 수 있는 수준이다.

검술 시험은 각 공략 캐릭터와 정상적으로 교류하면, 시험 직전에 골렘 상대에 특화 검술 스킬을 습득하는데, 이걸로 쉽게 해결할 수 있고, 마법 시험은 어느 캐릭터든 하나라도 친밀도를 쌓으면 스틸 컷만 보고 넘길 수 있다.

물론 공략 대상과 교류 없이 배드 엔딩을 노리고 있다면 이야기가 달라지겠지만.

"다음, 18번! '사라사 엔포서', 앞으로!"

"하아, 일일이 호명하지 마. 안 불러도 다 알아."

검술 실기시험에서도 어김없이 다른 사람의 시선을 피해서 자는 척하던 중, 사람들의 시선이 내게서 18번 학생으로 옮겨가는 게 느껴졌다.

힐끔 투기장을 바라보니, 작은 체구의 여학생이 걸어 나오는 중이었다.

부스스한 감색 머리카락, 흐트러진 교복…… 아니 사이즈가 맞지 않는 걸까? 겉보기에는 어린애가 교복을 입은 느낌이었다. 얼굴에서는 전혀 의욕이 느껴지지 않았다.

"쟤, 대단하다며? 필기는 만점이고, 마법 실기시험에서도 1학년인데 90점을 받았대."

"물 마법과 얼음 마법으로 만든 공격, 정말 대단했지."

"엔포서라는 가문, 들어본 적 있어?"

"듣기론 영민이 손가락으로 셀 수 있을 정도밖에 없는 시골 귀족이라던데……."

저 사라사 엔포서가 바로 마법 실기시험에서 3등을 가져간 인물이다. 이미 학교 안에 소문이 쫙 퍼진듯했다.

문제는 그녀 역시 내 기억에 존재하지 않는 등장인물이라는 점이다.

원작에서도 피네와 공략 대상들이 상위권을 독점했지, 엔포서라는 이름은 없었다. 그 이하 등수는 나오지 않아서 모르지만, 아마 이안 같은 엑스트라 들이었겠지.

"다들 저 아이를 주목하네요……."

"마법 실기시험은 고득점 평균이 70점 언저리인데, 올해 들어온 신입생이 90점을 받았으니 그럴만하지."

나는 피네와 잡담을 나누면서 사라사를 주의 깊게 관찰

했다.

시나리오는 이미 원작을 크게 벗어난 상황이다. 그녀가 나와 같은 전생자라서 특별한 건지, 아니면 ‘바보 4인방’이 빠진 나비효과로 나타난 ‘천재’인지는 아직 알 수 없다.

“으음…….”

교사로부터 검을 건네받은 사라사가 검을 그대로 바닥에 내려놓고 관찰하기 시작한다.

영문을 모르는 관중들은 의아한 듯 수군대며 그녀를 바라보았다.

이내 그녀는 단념한 듯 검을 방치하고 일어났다.

“역시 안 되겠어요. 전 펜보다 무거운 건 들 수 없거든요.”

“그게 무슨……. 진심으로 하는 소린가?”

“진심이에요. 애초에 전 이곳에 마법을 배우러 왔지, 검을 배우러 온 게 아니에요.”

사라사는 이렇게 말하고는 점수도 듣지 않고 콜로세움을 떠났다.

그러고 보니 그녀는 오전 마법 실기시험에서도 학교에서 지급한 지팡이조차 쓰지 않았던 것 같다.

하지만 저게 진심일지는 아직 모르는 일이다. 전생자가 상위 표창을 피하고 싶어서 일부러 검술 시험점수를 버린 걸 수도 있다. 어쩌면 엘리제처럼 히로인 자리를 꿰차려는 수작일지도 모른다. 한동안은 좀 지켜봐야 할 것 같다.

"애쉬 님?"

"아, 미안. 생각 좀 하느라."

"모레프 님에 대한 건가요?"

피네가 진지한 표정으로 이렇게 묻는다.

……어떻게 대답할까. 전생 이야기를 꺼내 봤자 이해하지 못할 것이고, 근거도 없이 사라사를 엘리제처럼 경계해야 한다고 말할 수도 없다. 적당히 얼버무리는 게 좋겠다.

"아니, 피네에 대해서."

"네?! 저, 저요?"

"마법 실기시험에서 2등 했는데 검술 실기시험마저 잘 보면, 여기저기서 제안이 오겠구나 싶어서."

"서, 설마요……."

피네는 내 말을 듣고 진저리가 난다는 표정을 짓는다.

그러고 보니 마법 실기시험이 끝난 뒤 이 사람 저 사람한테 붙잡혀 녹초가 돼서 왔었지.

……이런, 내가 괜한 말을 했나?

"다음, 105번 이안 모레프!"

"저기 봐! 이안 차례니까, 응원하자!"

"아, 네!"

시험이 시작되자마자 이안은 골렘을 향해 달려들어 관절에 칼을 꽂아 넣었다.

"모레프 님의 검술은 뭔가 특이하네요?"

"가문에 전해 내려오는 남산류(南山流)라는 검술이래. 관절을 잘라 적을 무력화시키는 기술이 특징이라더군."

"우와……."

이안의 공세에 골렘은 방어하기 급급하다가 이윽고 검을 놓쳤다.

"이안 모레프, 82점!"

"""우와――!!!"""

이안의 점수에 장내가 크게 술렁였다.

"이안은 자기 힘으로 가문의 문제를 해결할 수 있을 거야. 기량도 좋고 마법과 검 실력도 좋으니까. 고르드인지 하는 놈으로부터 동생도 지킬 수 있겠지."

"네, 꼭 그럴 거예요. 저도 모레프 님을 응원할게요."

나와 피네는 이안의 실력을 확인하고 아낌없는 칭찬의 박수를 보냈다.

"401번부터 500번까지 중앙으로 집합하세요!"

"드디어 우리 차례군."

"네. 우리 최선을 다해요!"

집합 소리에 우리는 관중석에서 일어나 투기장으로 향한다.

"피네는 몇 번이야?"

"440번이요. 애쉬 님은 441번이었죠?"

"오, 피네의 활약을 바로 눈앞에서 볼 수 있겠군."

"왜, 왠지 부끄럽네요……."

피네와 잡담하고 있는데, 누군가 나른한 말투가 나를 불렀다.

"……네가 애쉬 레벤?"

나는 목소리의 주인을 찾아 고개를 돌렸지만, 어찌 된 영문인지 모습이 보이지 않았다.

잘못 들었나 싶어 고개를 갸우뚱하니 바로 아래서 다시 목소리가 들렸다.

"……아래야. 아래를 봐."

"으앗?!"

아래를 내려다보니 손질되지 않은 감색 머리카락의 소녀가 퉁명스러운 표정으로 날 올려다보고 있었다.

"사라사 엔포서?"

"그래. 내가 아니면 누구겠어? 그보다, 그런 실력을 갖추고도 나 하나 찾지 못해서 어쩌자는 거지?"

사라사가 어이없다는 듯 고개를 절레절레 흔들었다.

"네가 내게 말을 걸 줄은 몰랐지……."

"나도 처음에는 그럴 생각 없었어. 하지만 그런 마법을 본 이상 모른척할 수 없지."

사라사는 기분 나쁜 미소를 짓더니 나를 추궁하기 시작했다.

"인공적으로 뇌운을 만들어 대규모 낙뢰를 일으키다니,

기존의 마법 이론에 해당하지 않는, 완전히 새로운 마법이야. 단순히 속성을 섞거나 마법 주문을 외운다고 되는 수준이 아니야. 마법이 구름을 거쳐 낙뢰가 되기까지의 과정을 정확하게 구상할 수 있어야만 가능한 기예지. 말해봐. 대체 어떻게 그런 발상을 얻게 된 거지? 누가 네게 그런 걸 가르쳤어?”

“그건…….”

“저기요!”

질문 폭격에 대답할 말을 찾고 있는데 피네가 나와 사라사의 사이에 툭 끼어들었다.

“넌…… 피네 슈타우트? 너의 그 빛의 마법도 흥미롭지만, 지금은 이쪽이 먼저야. 방해하지 말아줘.”

“저희는 지금 시험을 보러 가야 한다고요. 질문은 나중에 하세요.”

“나는 궁금한 건 당장 알아야 직성이 풀리는데.”

“그건 시험을 방해할 이유가 못 돼요.”

“으음…….”

왠지 흥분한 듯한 피네의 말에 사라사가 생각에 잠긴다.

“애쉬 레벤, 유감스럽지만 이번엔 여기서 물러나도록 하지. 다시 만났을 때는 내 질문에 제대로 대답하도록 해.”

사라사는 이렇게 말하고, 헐렁한 교복에서 삐져나온 손을 흔들거리면서 저쪽으로 사라졌다.

"죄송해요. 주제넘게 끼어들어서."

"아니야, 고마웠어. 피네가 없었다면 어떻게 되었을지."

"그, 그래요? 그러면 다행이고요."

내가 고맙다고 말하자, 피네는 뺨을 붉히며 얼굴을 돌린다.

저런 유형의 사람은 처음이다.

폭력을 쓸 수도 없고, 그렇다고 굳이 질문에 대답할 시간도, 그럴 이유도 없다. 피네가 도와주지 않았더라면 정말 어떻게 되었을지 모른다.

"이크, 이러고 있을 때가 아니야. 피네, 달리자!"

"앗, 그, 그러네요!"

우리는 투기장을 향해 달렸다.

"다음, 440번 피네 슈타우트!"

"네!"

번호가 불리고, 피네가 검을 들고 투기장으로 올라간다.

피네는 후하고 한숨을 내쉰 뒤, 천천히 골렘과의 거리를 좁힌다.

〈……!〉

먼저 움직인 것은 골렘이었다. 골렘이 오른손에 장착된 검을 피네를 향해 휘둘렀다.

"웃……!"

피네는 마찬가지로 검을 휘둘러 공격을 받아냈다. 그러

자 골렘의 검이 밀려나더니 바닥에 박히고 말았다.

"이얍!"

피네가 검을 빼내려고 버둥거리는 골렘의 팔을 딛고 붕 날아올라, 갑옷과 투구의 틈새에 검을 꽂아 넣었다. 그러자 골렘의 몸이 뻣뻣해지더니 무릎이 꺾였다.

"피네 슈타우트, 93점!"

교사가 점수를 외치자, 장내에 환호성이 터진다.

마법과 검술 모두 90점 이상 받은 건 매우 오랜만, 아니 그 최강 왕태자 이래의 쾌거다.

하지만 그보다 더 기쁜 것은 피네의 고득점에 관객석에서 환호성이 터졌다는 것이다.

바보 4인방, 아니 엘리제까지 더하면 바보 5인방인가. 아무튼 그 결투 사건 이후로 피네를 다시 보는 학생이 하나둘 나오던 차였는데, 이번 대활약으로 부정적인 이미지는 거의 불식했을 것이다.

"다, 다음, 441번! 애쉬 레벤!"

그리고 드디어 내 차례.

나는 가볍게 몸을 불고 기합을 넣은 뒤, 새 검을 장착한 골렘 앞으로 나아갔다.

〈………….〉

골렘이 공격 태세를 취하면서, 내가 어떻게 움직일지 동태를 살피고 있다.

어떻게 움직일까? 단순히 검을 맞대기만 하는 건 재미없는데.

일단 전력으로 한 번 공격해볼까.

나는 막연하고 낙관적인 생각을 갖고 골렘을 향해 검을 내리쳤다.

상대는 왕립 마법 학교가 특별히 제작한 골렘이다. 내 공격이라도 순식간에 반응하여 회피할 것이다.

〈끽, 끼릭……――.〉

"응?"

그런데 생각과 다르게, 골렘은 움직임이 멈추더니 그 자리에서 박살이 나고 말았다.

……뭐, 뭐야? 설마 재시험은 아니겠지? 이걸 어쩌지?

나와 관중들이 당혹해하는 가운데 시험관들이 논의를 시작했다.

※ ※ ※

"지금 무슨 일이 일어난 거지?"

"모르겠군. 순간 저 학생의 모습이 사라지더니 골렘이 폭발한 것 같은데……."

"골렘의 문제인가? 그러면 어서 재시험의 준비를……."

"――그럴 필요 없다. 저 학생이 검으로 골렘을 파괴한 것이니.”

“예? 그게 무슨 말씀입니까?”

“저 학생이 검압만으로 골렘을 파괴했다는 말일세. 저 나이에 그런 재주를 부릴 수 있다니, 장래 유망한 기사가 여기 있었군.”

※ ※ ※

그리고 마침내 결론이 났는지 검술 실기시험의 시험관 대표가 교사들에게 조금 전 시험 결과를 고했다.

“기다리게 해서 죄송합니다! 방금 채점 결과가 나왔습니다. 441번, 애쉬 레벤은 99점입니다!”

……99점?

※ ※ ※

“모두 좋은 점수를 받고 시험을 끝낸 걸 축하하며 건배!”

““건배!””

나와 이안 그리고 피네는 각각 주스와 과자 따위를 가지고 와서 수도에 있는 내 저택에서 간단한 뒤풀이를 하고 있었다.

이번 종합실력시험에서 나는 수석, 피네는 2등 그리고

이안은 4등으로 모두 표창식에 초대되는 순위에 들었다.

이는 순수하게 기뻐해도 좋을 것이다.

나는 이번 결과에 매우 만족하면서, 피네가 튀겨 준 감자튀김을 먹고 탄산 주스로 느끼한 입 안을 씻어내는 행복한 시간을 만끽한다.

"아무튼 정말 다행이야. 여기 있는 모두가 각 시험과 종합 성적에서 5등 안에 들어서."

"애쉬 님의 수행 덕분이에요. 그렇죠, 모레프 님?"

"응. 스승님의 가르침이 없었다면 난 작년보다 성적이 떨어졌을 거야."

피네와 이안이 이번 시험 결과에 대한 감상을 말하더니 나를 칭찬하기 시작했다.

"그만해. 아무리 치켜세워도 나올 거 없다."

"괜히 하는 말 아니야. 네 수행 덕분에 모레 성적 상위권자 표창식에 참석하게 된 거잖아. 전에 고르드 얘기를 했었지? 이번에 성적이 발표되고 나서 고르드파의 권유를 받았었던 가신 중 한 사람이 나를 찾아와서 이렇게 말하더라고. '이제부터 도련님을 따르겠습니다'라고 말이야."

"……알았어. 감사를 받아들이도록 하지."

이렇게 말하면서 탄산 주스가 담긴 컵을 다시 입으로 가져가면서, 이안이 말한 종합실력시험 성적 상위권자 표창식에 대해 생각했다.

이 행사에 참석하는 건, 다른 애들보다 빠르게 사교계에 데뷔한다는 의미다. 마지막에는 맞선을 겸한 댄스파티도 있다. 궁정 마법사, 기사, 고급 관료 등이 다수 참석하여 장래 유망한 인재인 성적 상위권 학생들과 교류하기도 하고, 반대로 학생들이 출세가도를 걷는 사람들과 인맥을 쌓기도 하는 등 다양한 셈법이 작용하는 장이다.

그리고 이 표창식에서 나와 피네는 용사 훈장을 받고, 나는 자작의 작위도 받는다.

분명 늘 서로의 속내를 탐색하느라 바쁜 궁중의 괴물들도 올 테니, 자칫 실언이라도 했다간 나중에 큰 피해를 보게 될 것이다.

……그만두자. 지금 우울한 생각을 해 봤자 속만 거북하지, 좋은 게 없다.

"그런데 애쉬, 너 댄스파티에서 입을 정장은 있어?"

"왕립 마법 학교에 입학할 때 아버지가 형이 입던 것을 보내 주셔서 그걸 입으려고."

"형제가 있으면 그런 것도 가능하구나. 아아, 그런데 너무 싫다. 연미복을 입으면 금방 피곤해진단 말이지."

"그건 나도 동감이지만, 투덜거린다고 어떻게 되는 건 아니잖아."

"그렇지……."

표창식은 국왕 폐하가 주재하는 행사이므로, 암묵적인

드레스 코드가 있다. 물론 이번에는 이례적으로 엘제스 왕 태자 주재지만. 답답하더라도 갖춰 입고 참석해야 한다.

"……저기, 교복은 안 될까요……?"

그때, 피네가 아주 조심스럽게 우리에게 묻는다.

"야회 마지막에는 댄스파티가 있는데, 그건 어렵지 않을까. 오히려 눈에 띌 텐데."

가만, 방금 피네가 한 말, 게임에서도 본 적이 있는 것 같은데…….

"피네. 혹시 드레스는……?"

"……없어요."

이안이 묻자 피네가 창피함에 얼굴을 빨갛게 물들이면서 고개를 끄덕한다.

아아, 그러고 보니 있었다. 피네의 드레스 이벤트.

종합실력시험도, 성적 상위권자 표창식도 1학년 때 발생하는 이벤트라 완전히 잊고 있었다.

게임 안에서는 그 시점에서 가장 호감도가 높은 캐릭터와 함께 시내에 가서 드레스를 샀었는데.

그건 그거고, 피네는 원작과 다르게 이번 행사에서 용사 훈장을 받을 예정이다. 그런 중요한 행사에 교복 차림으로 참석할 수는 없다.

"애쉬, 이거 어쩌냐? 교복으로 참석하긴 좀…….."

"……내가 어떻게 해볼게."

나는 이안과 속닥거린 뒤, 먼저 달력을 보았다. 그리고 피네의 얼굴을 똑바로 응시하며 입을 연다.

"피네."

"네?!"

"행사에 교복으로 참석하는 건 곤란해. 그러니까…….."

"그, 그러니까……?"

나는 한숨을 푹 내쉰 뒤, 결심하고 이렇게 말한다.

"내일 아침 일찍 드레스를 사러 가자."

"──예?!"

"피네, 준비됐어?"

"네, 네! 지금, 나가요!"

다음 날, 사복에 레벤가의 문장이 들어간 귀족 배지를 달고 방문 너머로 피네를 부르자, 허둥지둥하는 목소리가 들리더니 노란색 파카에 검은색 치마를 입은 피네가 나타났다.

"어, 어때요? 이상하지 않아요?"

"아니, 잘 어울려."

"그래요? ……다행이다."

내 말에 피네는 가슴을 쓸어내린다.

그러고 보니 피네의 사복 차림은 처음 아닌가?

집안일을 할 때도 교복에 앞치마 차림이고, 때가 타도 성마법으로 금방 지울 수 있으니.

심지어 게임에서도 본 적이 없다.

"저, 저기. 자꾸 그렇게 보시면, 부끄러운데…….."

"미안, 피네가 교복이나 앞치마 차림이 아닌 건 처음이라서."

"……듣고 보니 그렇네요. 학교 교복이 튼튼하고 디자인도 좋아서 그거면 충분하다고 생각했거든요."

"그 옷이 여러모로 고성능이긴 하지."

게임에서도 방어구는 액세서리만 바꾸고, 옷 자체는 교복을 썼었다.

"잡담은 그만하고 슬슬 출발하자."

"네. 가요."

나와 피네는 저택을 나섰다.

게임에서 피네의 드레스 이벤트는 여러 가지 이유로 돈이 필요 없었다.

그러나 여기서도 그럴지는 모르는 일.

가격조차 모르는 상황이라, 우선 계좌에서 최대한 돈을 꺼내두기로 했다.

그리하여 첫 번째 목적지를 정한 나는 피네를 데리고 수도의 중앙광장으로 향했다.

"바로 가게로 가나요?"

"아니, 먼저 계좌에서 돈을 찾아야 해. 모험가 길드로 갈 거야."

"모험가 길드에 계좌가 있어요?"

"응, 모험가 길드는 모험가에 대한 다양한 지원을 목적으로 설립된 조직이니까. 그 지원 중에 모험가만을 위한 은행도 있어."

대형 상업 길드가 운영하는 은행과 다르게, 모험가 길드가 운영하는 은행은 등록한 길드 내 계좌가 아니면 예금을 찾을 수 없다는 단점이 있지만, 그 대신 개설이 매우 간단하다는 장점이 있다.

그리고 모험가 중에는 글자를 읽고 쓰지 못하는 사람이나 공적 증명서를 쓸 줄 모르는 사람도 적지 않기 때문에 모험가 길드 은행은 중요한 존재이다.

실제로 내가 계좌를 만들었을 때도 보증인은 혈연도 뭣도 아닌 하녀뿐이었지만 곧바로 개설되었다.

“여기야.”

피네에게 모험가에 대해 설명하다 보니 어느새 중앙광장 한 귀퉁이에 있는 모험가 길드에 도착한다.

오늘도 활기가 넘치는 중앙광장에는 다양한 노점이 늘어서 있었다.

“근처에서 적당히 쉬고 있어. 그렇게 오래 걸리진 않을 거야.”

“알겠어요.”

모험가 길드에 들어가자마자, 귀청이 떨어져 나갈 듯한 온갖 고함이 들리고 술과 담배 냄새가 느껴졌다.

길드에는 술집이 있어서, 일을 마치고 돌아온 모험가나, 일을 나가려는 모험가들이 술을 마시며 떠드는 게 일상이다.

피네 같은 애들을 데리고 들어올 곳이 못 된다는 의미다.

이렇게 거친 자들이 득실거리는 곳에 데리고 왔으면 큰일이 났을 거다.

그 광경을 곁눈질로 보면서 나는 종합 카운터로 향한다.

"어머나, 애쉬 님, 오래간만이네요. 의뢰를 받으러 오셨나요?"

카운터에 서 있던 낯익은 접수원이 웃는 얼굴로 말을 걸었다.

"오늘은 돈을 찾으러 왔어요. 500만 G 부탁합니다."

"알겠습니다. 잠시만 기다리세요."

내가 신분 증명을 위한 모험가 카드를 카운터에 올려놓자, 접수원이 가볍게 고개를 숙이고 돈을 찾으러 안쪽으로 들어간다.

이제 접수원이 돈을 가지고 오기를 기다리기만 하면 된다.

"그거 들었어? 루벤 공국이 거금을 들여서 이 나라의 모험가들을 빼내고 있다는 이야기."

근처의 술집 테이블에서 문득 그런 이야기가 들렸다.

슬쩍 시선을 던지니 검은 로브를 걸친 모험가가, 등에 대검을 멘 모험가와 이야기하는 모습이 보였다.

"루벤 공국? 남쪽 산악지대에 있는 거기? 작은 나라라더니만, 모험가들은 뭐 하러?"

"듣자니 공화국과 동맹을 맺고 이 나라를 치려는 거라더군. 그래서 지리를 잘 알고 전력으로도 삼을 수 있는 녀석들을 불러들이는 거지. 혹시 생각 있나?"

"아직 소문뿐이잖아. 좀 더 확실해지고 나서 움직여도

늦지 않아.”

“뭐, 그런가. 공화국에 악마와 계약한 사람이 있다는 소문이 사실이라면 승산이 있으니, 전쟁을 준비한다는 이야기도 신빙성이 없지는 않다만.”

본편에는 악마와 계약해 권력과 부를 얻으려는 부패 귀족들이 등장한다. 이 녀석들이 소환하는 악마는 보스 수준이었다.

그걸 생각하면 악마와 계약한 사람이 있다는 건 사실일 가능성이 크다. 동시에 악마를 앞세워 이 나라를 공격할 가능성도 자연스럽게 커진다. 그렇게 되면 큰일인데…….

“오래 기다리셨습니다, 애쉬 님. 여기 500만 G입니다.”

“아, 네, 고맙습니다.”

“무슨 일 있으세요?”

“아무것도 아니에요. 그럼 이만.”

“네. 그럼 오세요.”

접수원에게 인사하고, 나는 아까 이야기에 대해서 자세히 묻기 위해 검은 후드의 모험가를 찾았다.

‘어라? 고새 갔나?’

이미 주위에 로브를 걸친 모험가의 모습은 없었고, 대검을 짊어진 모험가도 동료들과 합류해서 술집을 나가려는 참이었다.

‘이렇게 사람이 많아서야 찾기도 쉽지 않겠어.’

안 그래도 길드에는 튀는 복장을 한 사람이 많다. 검은 로브를 입은 사람은 보이는 범위만 해도 한두 명이 아니다.

어쩔 수 없지. 아까 그 이야기는 머리 한구석으로 치워 놓고, 일단 지금은 피네에게 빨리 돌아가자.

나는 모험가 길드를 뒤로했다.

“미안. 오래 기다렸지?”

“아니에요.”

길드를 나와 피네와 재회한 나는 가벼운 대화를 나눈 뒤, 목적지인 드레스 가게로 향하려고 했다. 그런데…….

“…….”

그녀의 시선이 먹을 것을 파는 노점을 향하고 있다.

“먹고 싶어?”

“아, 아니요?! 그런 게 아니라──.”

피네는 부정했지만, 안타깝게도 배에서 귀엽게 꼬르륵 거리는 소리가 났다.

“뭐 좀 사다 줄까?”

“……네.”

우리는 중앙광장으로 돌아와 음식을 파는 노점을 둘러 보았다.

“뭐가 먹고 싶어?”

“음, 저기 저 꼬치가 맛있어 보여요.”

“그래.”

나는 피네가 가리킨 노점으로 가서 돼지고기 꼬치를 두 개 샀다.

“자 여기, 뜨거우니까 조심해.”

“가, 감사합니다. 아참, 돈을——.”

“이 정돈 사줄게.”

나는 이렇게 말하고 꼬치를 먹는다.

음, 너무 달지도 너무 맵지도 않고 소스와 고기의 풍미가 잘 어울리는 것이 최고군.

피네는 뭔가 말하려다가, 내가 꼬치를 먹는 것을 보자 더는 못 참겠는지 자기도 먹기 시작했다.

“맛있다……! 고향에서 축제 때 먹었던 맛과 비슷해요.”

그래, 유진 루트에도 그런 장면이 있었지.

그 루트에서는 피네가 공략 대상을 노점으로 데려가서 유진에게 꼬치를 주고, 음식을 먹으면서 걸어본 적이 없는 유진의 모습을 재미있어했다.

“피네의 고향에서 열었던 축제는 어떤 느낌이었어?”

“여신님께 풍년을 기원하는 축제인데, 평소에는 볼 수 없는 요리가 나와요. 다 같이 춤도 추고 재미있었는데…….”

피네는 감상에 젖어 고향 이야기를 풀어놓는다.

……고향이라.

“피네는 고향으로 돌아가고 싶어?”

“……글쎄요. 지금은 돌아가고 싶은 것 같기도 하고 아닌 것 같기도 하고. ……죄송해요. 저도 잘 모르겠어요.”

“아니야, 그럴 수도 있지.”

돌아가고 싶기도 하고 돌아가고 싶지 않기도 하다…….

그리고 처음 만났을 때부터 한결같은 이 공손한 말투.

여러모로 신경 쓰이는 대답이지만, 지금은 더 이상 캐묻지 않는 게 좋겠다.

“그런데 우리, 어디로 가는 중이에요?”

“응? 아, 저기.”

나는 크리스탈로 된 돔 건물을 가리켰다.

건물 입구에서 비싼 옷을 입은 신사 숙녀들이 종업원의 배웅을 받고 팁으로 보석을 건네고 있었다.

“아니…… 저긴 대체 뭐 하는 곳이죠?”

“라크레시아 왕국에서 제일가는 백화점과 카지노야.《피노키오》라고 해.”

게임에서 《피노키오》는 캐릭터의 의상(코스튬)을 사거나, 드래곤 경주, 카지노 같은 미니 게임을 하는 시설이었다. 시나리오는 제쳐두고 미니 게임만 파고들던 플레이어도 있었다.

이곳이라면 왕가가 주최하는 야회에 참석하기에 손색없는 드레스를 살 수 있을 거다.

“저, 정말 여기에 들어간다고요……?”

"나는 여기 말고 몰라. 가자."

나는 주눅이 든 피네의 등을 떠밀며 피노키오로 들어갔다.

"축하합니다! 고객님께서 저희 매장의 1만 명째 방문객이 되셨습니다!"

그 직후, 사방에서 요란한 팡파르 소리가 울려 퍼졌다. 우리는 갑작스러운 전개에 움찔했다.

이어서, 꽃다발과 이 시설을 축소한 모양의 시계 그리고 티켓 같은 것을 든 턱시도 차림의 남자가 나타나 그것들을 피네에게 건넸다.

……아, 그러고 보니 이런 이벤트가 있었지.

"저, 저기, 이게 대체 무슨……?!"

"고객님이 저희 매장의 1만 명째 내점객이십니다. 여기 이 꽃다발과 피노키오 모양으로 특수 제작한 시계 그리고 '챌린지 티켓'을 선물로 드리겠습니다."

"이게 뭐죠?"

"피노키오에서 진행하는 도전형 이벤트의 참가권입니다. 도전에 성공하시면 시설 안에서 판매하는 상품 중 원하시는 걸 가져가실 수 있습니다. 단, 도전하실 경우 동행자는 한 분뿐입니다. 원하지 않으시는 경우는 10만 G로 교환하실 수도 있습니다."

이건 시나리오 중 한 번만 나오는 이벤트다. 어떤 미니게임이 나올지는 랜덤이고, 클리어하려면 스테이터스도 나름 높아야 한다. 이벤트는 초회차부터 나오지만, 정작 초회 플레이어한테는 몹시 어려워서, 공략사이트에서는 초회차 도전을 권장하지 않았다.

"애쉬 님, 어떻게 할까요……?"

"해보자. 둘이 하면 반드시 클리어할 수 있을 거야."

"저희 둘이……. 그렇군요. 이 이벤트에 도전하겠어요!"

피네가 우렁차게 선언하자, 손님과 점원들이 환호성을 질렀다.

"그럼 두 분은 저를 따라오세요."

턱시도 차림의 점원은 정중히 고개를 숙이며 이렇게 말한 뒤, 우리를 레저 시설 쪽으로 안내했다.

안내받은 곳에는 홀로그램 마도구로 밤하늘을 조성한 공간이었다. 군데군데에서 마력의 빛이 별처럼 빛나고 있었다.

"두 분의 도전은 '플라잉 볼 샷'입니다."

게임에서는 '플라잉 스타 샷'이란 이름의 도트 슈팅 게임이었는데, 현실에서는 이렇게 바뀐 모양이다.

점원이 우리에게 장난감처럼 생긴 활 하나를 건넸다.

"이 활에 마력을 담으면 자동으로 화살이 나타납니다. 화살로 빛나는 구체를 모두 쏘아 떨어뜨리시면 성공입니다. 제한 시간은 한 판당 5분, 총 세 번 도전할 수 있습니다. 질문 있으십니까?"

"아, 아니요!"

"저도 딱히."

"그러면 바로 시작하겠습니다!"

곧 점원이 MC처럼 분위기를 달아오르게 하는 멘트를 시작했다.

"조, 좋아. 해보자……."

피네는 긴장한 얼굴로 활을 들고, 빛나는 구체를 조준했다.

이 미니 게임은 캐릭터의 마력과 지능 스테이터스에 따라 화살 수, 장전 속도가 달라진다.

지금 피네의 레벨이면 어렵지 않은 수준이다.

"앗!"

그러나 첫 번째 화살은 마치 노린 듯 과녁과 과녁 사이를 통과했다.

"이번에는!"

피네는 포기하지 않고 마력의 화살을 반복해서 쏘아댔다.

"타임 오버!"

"헉헉, 그래도 절반은 떨어뜨린 것 같은데……."

피네가 만족스럽게 웃은 순간.

"그럼 다시 도전하시겠습니다!"

"……어?!"

점원이 손가락을 딱 울리자, 피네가 쏘아 떨어뜨린 과녁들이 모두 부활했다.

괜히 도전형 이벤트라고 하는 게 아니다.

기회는 세 번 주지만, 세 번에 나눠서 도전하는 게 아니다.

이것이 '챌린지 버전 플라잉 스타 샷'의 사악함이다.

"그럼 두 번째 도전. 두분 중 누가 하시겠습니까?"

"이번엔 내가 할게. 괜찮지, 피네?"

"네……."

결과가 충격적이었는지 피네가 의기소침해졌다.

으음. 화려한 상품이 걸렸다고 하지만, 결국은 공짜 이벤트다. 그냥 즐기면 된다.

그렇지!

"피네, 잠깐 와봐."

"네?"

나는 피네에게 요령을 알려주었다.

"피네, 이건 하나하나 조준하면 시간이 부족해, 차라리 힘을 담아서 큰 걸로 한 방에 쓸어버리는 게 빨라."

"예?"

"직접 보여 줄게. 잘 봐."

나는 마력을 집중시켜 거대한 에너지 덩어리를 만들어 발사했다.

에너지 덩어리는 거대한 광선이 되어 빛의 구체를 한 방에 40%쯤 날려버렸다.

"어, 오오…… 훌륭합니다! 엄청난 파괴력이었습니다! 하지만 안타깝게도 여기서 타임 오버!"

그때 점원이 당황한 얼굴로 황급히 게임을 중단시켰다.

'여기서도 마찬가지인가.'

게임에서 이 이벤트는 그냥 호객용 마케팅으로 나온다. 그래서 억지로 클리어하면, 점원이 "사장님한테 뭐라고 설명하지……" 하고 중얼거리는 대사를 들을 수 있다.

직원의 태도를 보아하니 현실에서도 사정은 마찬가지인 듯했다.

"뭐야, 아직 시간 있잖아요!"

"더 화려한 기술이 보고 싶다고!"

점원의 태도에 구경하던 손님들이 야유하기 시작했다.

"자, 자, 마지막 도전은 누가 하시겠습니까?!"

점원은 삐질삐질 땀을 흘리면서 우리에게 마지막 도전을 재촉했다.

"피네, 마지막은 네가 해봐."

"……제, 제가요?!"

"기껏 배워놓고 기회가 없으면 아쉽잖아. 어깨 힘을 빼고 편하게 해. 피네라면 할 수 있어."

"어깨 힘을 빼고, 편하게……."

피네가 내 말을 되풀이하면서 활을 들고 마력을 모았다.

“오오.”

피네가 현을 놓은 순간 곧 빛의 급류가 시야를 뒤덮었다.

“……대단해!”

눈을 다시 뜨자, 모든 과녁이 사라지고 없었다.

이에 구경꾼들이 환호성을 질렀다.

“해냈어……! 애쉬 님! 제가 해냈어요!”

“응. 축하해, 피네.”

나는 박수를 보내 피네를 칭찬했다.

“도전은 성공한 거죠?”

“아, 네. ……아아, 사장님한테 뭐라고 설명하지…….”

점원이 잔뜩 풀이 죽은 모습으로 피네에게 특별 티켓을 건넸다.

“가, 감사합니다!”

“잘됐네. 예산 걱정 없이 좋은 드레스를 살 수 있겠어.”

“와아~ 어떤 걸 고를까?”

나는 특별 티켓을 손에 넣어 잔뜩 들떠 있는 피네를 보고 흐뭇해하는 한편, 그녀의 등 뒤에서 절망한 점원으로부터 애써 눈을 돌렸다.

※ ※ ※

“하아…… 너무 멋진 드레스예요……!”

피네가 흡족한 표정으로 드레스가 든 쇼핑백을 껴안았다.

피네가 고른 건 게임에서 가장 비싼 '밤하늘의 드레스'였다. 이름처럼 밤하늘 같은 남색 드레스다.

결국 돈은 한 푼도 안 썼다. 좋은 드레스를 공짜로 받은 건 좋다만.

"자, 자, 어서 오세요! 맛있는 아이스크림입니다!"

오오?

목소리가 들려오는 방향을 보니, 아이스크림 노점의 여사장님이 호객하는 모습이 눈에 들어왔다.

피노키오는 대형 마도구로 실내 온도를 조절하므로 쾌적했지만, 밖에는 걷고 있으면 무덥기 짝이 없다. 그런데 마침 이런 노점을 발견하다니, 조금 운이 좋은 모양이다.

"피네, 아이스크림 먹을래?"

"아이스크림이요?"

"응. 아, 먹어 본 적 없어?"

"네. 학생 식당 메뉴에서 보고 궁금하긴 했어요."

"그럼 더 잘됐네. 오늘이 기회야."

나는 피네의 손을 끌고 아이스크림 노점으로 향했다.

"어서 오세요! 손님, 뭐로 드릴까요?"

"바닐라 아이스 하나하고, 피네는?"

"그럼 전 스트로베리 맛이요."

"알겠습니다! 잠시만요, 금방 드릴게요!"

사장이 아이스크림콘을 꺼내 바닐라 맛 아이스크림과 스트로베리 맛 아이스크림을 얹었다.

"여기 있습니다! 두 개 1,000G입니다!"

"여기요."

"감사합니다!"

나는 아이스크림을 피네에게 건넸다.

"오래 두면 녹으니까 조심해."

"아, 알겠어요. 잘 먹겠습니다~~~!"

피네는 조심스럽게 아이스크림을 핥더니, 마음에 들었는지 크게 베어 물었다.

그 모습에 흐뭇한 미소가 절로 지어졌다.

"드레스는 구했고, 화장을 도와줄 사람은 내가 찾아줄 테니까, 피네는 당일까지 푹 쉬고 있어."

"헉, 화장해야 하는군요……."

"앉아 있으면 전문가가 다 알아서 해주니까 긴장할 것 없어. 이런 기회는 흔치 않아. 축제처럼 즐기면 돼."

"……알겠어요. 그렇게 생각할게요."

피네와 나란히 저택으로 돌아가는 길, 왕립 마법 학교의 문장이 새겨진 대형 짐마차들이 옆을 지나갔다.

서훈식과 작위 수여식까지 얼마 남지 않았다.

"난 알베리히 제2왕자의 약혼녀, 엘리제 링슈타트야. 그런 나를 이렇게 취급하고 무사할 것 같아?"

"하, 하지만 이건 명령……."

"그러면 그 명령한 사람을 불러와!"

왕립 마법 학교 대강당 지하.

창문도 없이 돌벽으로 둘러싸인 방에서 나는 관리들에게 항의했다.

그 결투 후, 나는 알베리히 일행과 떨어져 홀로 이 어두컴컴한 방에 갇혔다.

나는 그 네 명의 공략 캐릭터들의 약혼자야. 이런 취급을 당할 신분이 아니라고……!

"이거야 원. 아직도 기운이 넘치시는군요."

그때, 가면으로 얼굴 위쪽만 가린 중년의 남자가 불쾌할 정도로 발랄한 목소리로 말하면서 이곳에 들어왔다.

"당신은 그만 돌아가도 좋습니다. 지금부터는 제가 상대하죠."

"앗, 심문관님. 알겠습니다."

그의 말 한마디에 관리들이 지하실에서 나갔다.

이 공간에 남은 건 기분 나쁜 중년 남자와 나, 두 사람뿐.

“그럼 묻지요. 당신은 어떤 방법으로 ‘보검’이 있는 장소를 알아냈습니까?”

“내가 왜 대답해야 하는데? 난 알베리히 전하 일행의 약혼자야! 그리고 우리 집은——.”

“우선 그 부분부터 이야기할까요? 엘리제 씨, 당신은 귀족 명부에서 삭제되었습니다.”

……뭐?

“그, 그게 무슨…….”

“당신의 부모님은 당신의 존재를 없는 것으로 하겠다는 조건으로 구명을 청했고, 우리는 요청을 받아들였습니다. 따라서 당신은 지금 어느 소속도 아닙니다.”

“뭐, 뭐라고!”

“그리고 알베리히 전하와의 약혼은 국왕 폐하의 명령으로 취소되었습니다. 다른 세 가문의 당주들도 아들들과 당신의 약혼을 취소하셨습니다. 즉 당신은 일개 평민의 신분입니다.”

말도 안 돼. 그게 무슨……!

“흥, 전부 거짓말인 거 다 알아! 증거, 증거를 내놔!”

“흠, 그렇게 나오시겠다 이거군요.”

중년의 남자는 내 말을 듣고 한층 기분 나쁜 미소를 짓는다.

“위에서는 하루빨리 자백하길 바라겠지만, 사실 저는 더

길어지기를 바라고 있습니다.”

“뭐? 당신 도대체 무슨 소리를——.”

다음 말은 나오지 않았다. 어느새 숨결이 느껴질 만큼 바짝 다가온 중년 남자가 내 손가락을 꺾었다. 저절로 소리 없는 비명이 나온다.

“안심하십시오. 웬만한 상처나 병은 이 ‘그레이트 포션’으로 회복되니까요. 이렇게 말이죠.”

중년 남자가 품에서 꺼낸 포션을 부러진 내 손가락에 뿌렸다. 손가락은 순식간에 회복되었다.

“그리고 당신의 순결을 더럽히지는 않을 겁니다. 제 취향은 극심한 고통에 몸부림치며 괴로워하는 걸 보는 것이니까요.”

“……! ……?!”

나는 공포에 눈물을 글썽이며 지하실 구석으로 도망치려 했다.

그러나 이 공간은 좁아서 남자에게서 도망칠 수가 없다.

“자, 최대한 오래 최선을 다해 견딘 다음에 자백해 주십시오. 당신의 그 표정을 오래오래 보고 싶으니까요.”

※ ※ ※

“제기랄, 제기랄, 제기랄제기랄제기랄, 제기랄!”

“……침착해, 알베리히. 왕족인 네가 그런 저급한 말을 쓰면 어떻게 해.”

학교 대강당 최상층의 한 방. 그곳에서 내가 분노에 휩싸여 주먹으로 벽을 쾅쾅 치고 있으니, 다비트가 어깨에 손을 얹었다.

“어떻게 침착하란 말이야! 그 가증스러운 결투 이래 계속 이런 곳에 갇혀 있고, 엘리제는 어디로 끌려갔는지 알 수조차 없는데……. 그런데 아무것도 할 수 있는 게 없어!”

“그건 우리도 마찬가지야. 하지만 지금 여기서 쓸데없이 에너지를 써 봤자 뭐가 되는 것도 아니잖아.”

“그래……. 엘리제를 구하기 위해서라도 힘을 비축해 놓아야지.”

다비트와 유진의 말에 냉정을 되찾은 나는 심호흡한 후, 내가 처한 상황을 재확인한다.

우리는 결투 후 기사들에 의해 이 대강당 꼭대기에 있는 귀빈실에 유폐되었다.

식사는 가져다주지만, 그때는 우리가 문으로 나가지 못하도록 기사들이 진을 치고 있어서 탈출할 수가 없다.

“레콘, 역시 마법은 못 쓰는 상황이야?”

“안 돼. 마법을 발동하려는 순간, 마력을 빼앗겨.”

이 방에는 마법을 방해하는 술식이 걸려 있어서, 마법을 이용한 탈출도 불가능했다.

그리고 이 대강당에서 쥐새끼 한 마리도 달아나지 못하도록 수많은 기사가 지키고 있고, 문도 바깥쪽에서 잠겼다.

하지만, 하지만 분명 어딘가에 틈이 있을 터. 우리는 그 틈을 찾아서 탈출한다.

그 빌어먹을 자식들한테 복수하겠어……! 엘리제와 반드시 재회할 거야……!

'철컥.'

그때, 방문이 열리는 소리가 들린다.

이상하다. 식사 시간은 아직 멀었다. 그런데 어째서 문이?

잠시 뒤, 기사들이 방 안으로 줄줄이 들어왔다.

이어서 그들은 우리가 도망치지 못하도록 문 주위에 늘어섰다. 그 너머에서 주변 기사들보다 머리 하나는 큰 다갈색 머리카락의 남자가 이쪽을 향해 걸어오는 것이 보였다.

"흠. 다들 아직 기운이 넘쳐 보이는군. 다행이다."

그 남자—— 엘제스가 우리를 보고 미소를 지으면서 이렇게 말했다.

대체 어디가 기운이 넘쳐 보인다는 거야? 다행이라는 건 또 무슨 의미야……!

나도 모르게 이렇게 소리칠 뻔했지만, 엘제스의 앞을 가로막고 나서는 무장한 기사 두 명의 기세에 압도당했다.

"…………!"

"눈빛도 아직 살아있는 모양이고."

엘제스는 그런 우리를 비웃으면서, 기사에게 누군가를 데려오라는 손짓을 보냈다.

"……형님, 무슨 일로 오신 겁니까?"

"너희가 지난번 결투에서 하다 만 것이 있다는 게 생각났거든. 그걸 마저 시킬 생각이다."

엘제스는 기사가 데려온 사람을 우리의 앞으로 떠밀었다.

"엘리제?!"

나는 엘리제에게 달려가 와락 끌어안는다.

그곳에 있는 것은 틀림없이 내가 사랑했던 귀여운 소녀, 엘리제 링슈타트다. 그 몸도 우리랑 떨어졌을 때와 같이 상처 하나 없는 상태이다.

……하지만.

"나, 는 전생의 기억이 있어서, 그래서……."

"에, 엘리제?"

그녀는 헛소리처럼 영문 모를 소리를 하면서 몸을 바들바들 떨고 있다.

"감동의 재회가 성취되어서 다행이야. 그러면 때가 올 때까지 여기서 대기하도록."

"엘제스 전하. 저희에게 대체 뭘 시키려고……?"

엘리제의 모습에 격렬한 분노와 공포를 느끼면서도 다비트가 형님에게 묻는다.

형님은 여전히 미소를 띤 채 이렇게 대답했다.

"말했잖아? 지난번 결투에서 너희가 하다가 만 걸 해야 한다고."

"어때, 레콘?"
"……반복적으로 상처를 내고 회복하는 고문을 받은 것 같아. 그 결과, 마음이……"
"제길, 사람이 어떻게 이런 짓을!"
엘제스가 방에서 나간 뒤, 나는 레콘에게 엘리제를 진찰해 달라고 부탁했다. 그리고 결과는 참혹했다.
몇 번씩이나 신체 각 부위를 망가뜨리고, 그때마다 회복시킨 후 다시 망가뜨린다.
어떻게 이런 짓을 할 수 있단 말인가……!
이게 다 그 빌어먹을 녀석들 탓이다. 비겁하고 비열한 방법으로 결투에서 부정하게 승리했기 때문이다.
엘리제를 이렇게까지 망가뜨린 놈, 형님 그리고 피네 슈타우트와 애쉬 레벤! 그들에게 반드시 대가를 치르게 하겠어! 무슨 수를 써서라도 반드시……!
"여러분, 식사 가져왔습니다."
그때 방 밖에서 시종의 목소리가 들렸다.
"알베리히, 지금은 엘리제의 몸과 마음의 상처를 회복시키는 게 우선이야."
"으, 응. 그래야지. 들어와!"

"감사합니다."

레콘의 말에 나는 방 밖에 있는 시종에게 들어와도 좋다는 허락을 내렸다.

이어서 문이 열리고, 여느 때처럼 식사를 들고 시종과 탈출을 방해하는 기사들이…….

'……한 명이 다야?'

식사 같은 것은 들고 있지 않은 시종만 한 사람 있을 뿐, 기사들의 모습은 보이지 않았다.

시종 차림의 남자가 상황 파악이 안 되어 당혹스러워하는 우리를 무시하고 방문을 닫더니 입을 열었다.

"저희는 여러분의 편입니다. 여러분을 이 나라에서 무사히 탈출시키고, 엘리제 양의 상태를 고칠 수단이 있습니다."

※ ※ ※

야회 당일, 오랜만에 연미복을 입은 나는 갑갑함을 느끼면서 마법 학교에서 보낸 마차를 기다렸다.

"저, 어때요……?"

그때 임시로 고용한 사용인의 도움을 빌려 드레스를 입은 피네가 내 앞으로 돌아왔다.

피네는 게임에서 봤을 때와는 비교도 되지 않을 만큼 아름다웠다.

"애쉬 님?"

"미, 미안. 피네가 너무 예뻐서……."

밤하늘 드레스를 입고 화장을 한 피네는 정말 아름다웠다. 수도 뒷골목에서 죽은 눈을 하고 후드로 얼굴을 가리던 소녀와는 전혀 다른 사람이었다.

"가, 감사합니다……. 그, 그런데 표창식에 사람이 얼마나 올까요……?"

"음, 100명쯤?"

게임에서도 '수상자의 친족이나 각계 유력 인사를 포함해서 100명 전후의 사람이 참가한다'고 했었으니 아마 맞을 것이다.

"새, 생각보다 더 많네요……."

"표창식보다는 다른 가문들과 관계를 맺을 목적으로 오는 게 대부분이야."

피네와 담소를 나누고 있는 창문 밖으로 마법 학교의 마차가 이 저택 앞에 멈추는 것이 보인다.

"애쉬 레벤 님. 왕립 마법 학교에서 왔습니다."

이어서 현관에서 마부의 목소리가 들렸다.

드디어 때가 왔군.

"피네, 준비됐어?"

"네. 됐어요."

내가 묻자 피네가 힘차게 고개를 끄덕인다.

"그럼 가자."

왕립 마법 학교의 대강당은 입학식과 졸업식, 시업식과 종업식, 그리고 종합실력시험 상위권자 표창식 때만 쓰인다.

오늘은 왕족이 참석하므로 대강당이 다양한 장식으로 호화로운 궁전처럼 변모했다.

"너무 예뻐요!"

"그렇네. 직접 보는 건 처음인데 정말 대단한걸."

마법 조명으로 라이트업 된 외관도 대단했는데, 아름답게 장식된 대강당의 내부는 더 압도적이었다.

"여어! 애쉬! 피네!"

그렇게 행사가 시작될 때까지 여기저기 둘러보고 있는데 우리를 부르는 목소리가 들렸다.

목소리가 들린 쪽으로 고개를 돌리자, 이안이 팔을 크게 흔들고 있었다.

"이안. 와 있었구나."

"난 학교 기숙사에서 지내니까."

이안이 내 등 뒤에 있는 존재를 보려고 기웃거린다.

"왜 그래?"

"……피네는 왜 주저앉아 있는 거야?"

그 말에 뒤를 돌아보자, 피네가 내 손을 잡은 채 수줍은 듯 쭈그려 앉아 있었다.

"피네…….."

"죄, 죄송해요! 아는 사람을 만난다고 생각하니 부끄러워져서……!"

마음은 이해하지만…….

그런 생각을 하고 있던 나는 입구 쪽이 시끄러워지는 것을 깨닫는다.

"맙소사! 너 정말 그 차림으로 행사에 참석할 생각이니?!"

"네. 선생님이 복장은 자유라고 했잖아요."

"아무리 그래도 그렇지, 그런 모습으로 왕태자 전하의 앞에 서는 건——."

쭈글쭈글한 교복을 대충 걸쳐 입고 푸석푸석한 머리카락을 한, 도저히 파티 참가자라고는 생각할 수 없는 모습의 사라사가 있었다.

"저기 봐, 피네. 세상에는 저런 차림을 하고도 당당히 선생님과 말싸움하는 사람도 있어. 그러니까 너도 그렇게까지 부끄러워할 필요 없어."

"애쉬 님, 저건 사라사 님이 특이한 거 아닌가요……?"

사라사의 비상식적인 행동과 그것을 지적하는 선생님의 언쟁을 지켜보면서 그런 말을 하고 있자니 궁정 악단이 연주를 시작했다.

"행사 시작이다. 얼른 일어나."

“아, 네!”

곡에 맞춰 주위 사람들이 직립부동으로 안쪽의 입구를
쳐다보기 시작하자, 나는 피네를 일으켜 세워 그들처럼 입
구를 바라보았다.

마법 확성기를 통한 안내 방송이 장내에 울려 퍼지자,
어수선했던 분위기가 일순간에 엄숙해졌다.

엘제스 왕태자의 모습이 보이자 모두 그를 향해 깊숙이
머리를 숙였다.

엘제스가 단상에 설치된 매우 호화로운 의자에 착석하
자 교장 선생님이 원고를 들고 나타나 꾸벅 인사한 뒤, 그
의 앞에 서서 행사의 시작을 알렸다.

“왕태자 전하의 임석으로 왕립 마법 학교의 마법 · 검술
실기시험 및 훈장 수여식을 개최하겠습니다.”

……자, 용감하게 이 행사를 마쳐 볼까.

“그러면 지금부터 종합실력시험 성적 상위권자 표창식
을 거행하겠습니다. 종합실력시험 5위, 3학년 클로드 슈마
허, 앞으로!”

“네!”

교장 선생님의 길고 긴 인사말이 끝나고, 진행을 맡은
학생 주임 선생님이 긴장한 목소리로 이렇게 선언하자, 그
에 호응하듯 갈색 머리카락의 청년이 우렁차게 대답했다.

그는 강당 중앙에 깔린 국왕의 문장 따위의 장식이 들어간 호화로운 붉은 카페트를 밟고, 옥좌에 앉은 엘제스를 향해 천천히 걸어갔다.

클로드가 엘제스의 앞에 무릎을 꿇자, 여자 시종이 그의 앞에 서서 표창장을 읽기 시작했다.

"왕립 마법 학교 3학년 클로드 슈마허. 학생은 종합실력시험에서 우수한 성적을 거두었다. 왕국을 위해 앞으로 더욱 정진하도록."

"네!"

슈마허는 마지막으로 시종으로부터 훈장을 받은 뒤, 박수 소리가 울려 퍼지는 가운데 엘제스에게 고개를 숙이고 인파 속으로 돌아간다.

"……어제도 설명했지만 저게 이 행사의 대략적인 흐름이야. 선생님이 호명하면 대답한 다음에 중앙에 깔린 붉은 카펫을 밟고 왕태자 전하의 앞으로 가서 시종으로부터 훈장을 받고 퇴장하는 거지. 용사 훈장 수여식도 마찬가지니까 아까 호명됐던 사람처럼 하면 돼."

"……아, 알겠어요."

박수가 이어지는 가운데, 나는 피네에게 행사의 흐름에 대해 다시 설명한다.

"종합실력시험 4위, 이안 모레프. 앞으로!"

"네!"

이어서 이안이 호명되어 엘제스의 앞으로 갔다. 나는 다시 옥좌 쪽을 보았다.

……뭔가 이상한데.

《인연야회》에서 첫 번째 야회 이벤트인 종합실력시험 성적 상위권자 표창식에서 상위권에 든 히로인 피네에게 훈장을 수여한 것은 엘제스가 아니라 국왕이었다.

2학년부터는 실력시험과 표창식 모두 피네의 모놀로그로 처리되기 때문에 자세한 것은 알 수 없지만, 그때도 국왕이 했을 터다.

애초에 엘제스가 시나리오에서 본격적으로 등장하는 건, 각 루트 종반의 마왕 부활과 마왕성의 등장 이후다.

지난번 결투 때도 그랬지만 엘제스가 왜 벌써 모습을 드러냈는지 그 이유를 모르겠다.

"왕립 마법 학교 2학년생, 이안 모레프. 학생은 종합실력시험에서 우수한——."

무엇보다 엘제스는 피네의 배드 엔딩 루트에서는 전혀 등장하지 않았다.

피네는 엘제스의 권유로 학교에 입학했다. 그런데 피네를 학교에서 쫓아내려는 자기 동생을 왜 그냥 방치했을까?

엘제스는 여러모로 베일에 싸인 캐릭터다. 시나리오의 발단이지만 등장이 적고, 활약에 비해 스테이터스가 이상하게 높다.

심지어 최종 보스 격파 후에는 『이제부터 '왕태자 엘제스'와 대결할 수 있습니다. 엘제스와의 대결에서 승리하면 최고 난도 던전이 해금됩니다』라는 시스템 메시지가 뜬다.

이후는 대강당에 있는 엘제스에게 말을 걸면 대화 없이 다짜고짜 결투에 들어간다.

게다가 승리하든지 패배하든지 대화는 없고, 최고 난도 던전──'비밀 영역'에 챌린지할 수 있게 되었다는 시스템 메시지만 나온다.

이 부자연스러운 엘제스의 포지션에 플레이어들은 다양한 논쟁을 벌였고, 최종적으로 『등장이 적은 것은 단순히 납기 기한을 놓쳤기 때문이다』라는 결론을 내렸다.

실제로 용사 아론의 무비는 감동적인 완성도이긴 했지만 적지 않은 플레이어가 『다른 요소에 더 신경 썼어야 하지 않나?』라는 의문을 던졌고, 나도 이 결론에 동의했었는데…….

게임이 현실이 된 이 세계에서 피네가 배드 엔딩 루트에 돌입했는데도 엘제스가 움직이지 않았던 이유……. 단순히 그 사실을 몰랐던 걸까? 아니면 무슨 의도가 있어서?

"종합실력시험 3위, 사라사 엔포서. 앞으로!"

이런 생각을 하는 동안 이안의 표창식이 끝나고, 시험 성적 3위인 사라사가 호명되었다.

사라사는 여전히 나른하고 의욕 없는 모습으로 엘제스

의 앞으로 걸어간다.

그리고 그런 그녀의 태도와 외모에 마법 학교의 교사들은 얼굴이 사색이 되었다.

"……애쉬 님, 새삼스러운 질문이지만, 엔포서 님은 드레스를 입고 와야 한다는 걸 몰랐던 게 아닐까요……?"

"아니, 알았어도 드레스는 입지 않았을 거야. 실제로 이렇게 많은 사람이 모인 자리에 헝클어진 머리를 하고 교복도 대충 입고 왔으니까."

오히려 나는 그녀가 참석한 데에 놀랐다.

지금까지 봐온 사라사의 언행을 생각하면 파티에 무단결석해도 이상하지 않으니까. 왕족이 참석하는 행사에는 참석하지 않을 수 없다고 생각한 건가?

"와, 왕립 마법 학교 1학년생 사라사 엔포서. 하, 학생은 종합실력시험에서 우수한 성적을 거두었다. 와, 왕국을 위해 앞으로 더욱 정진하도록."

"네네, 알겠어요. 이제 가도 되죠?"

"으, 으응……."

시종이 잔뜩 긴장한 표정으로 그렇게 대답하자, 사라사는 할 일은 모두 마쳤다는 태도로 그 자리를 떠난다.

……맙소사, 사라사는 정말 자유로운 영혼이구나. 그걸 보고 재미있다는 듯이 웃고 있는 왕태자도 무서워.

"종합실력시험 2위, 피네 슈타우트. 앞으로!"

"······그럼 다녀올게요."

"응, 잘 다녀와."

이어서 호명된 피네는 나에게 한마디를 던지고 엘제스의 앞으로 향한다.

"휴우, 겨우 찾았네."

거의 동시에 이안이 나를 향해 달려온다.

"어서 와, 이안. 어땠어?"

"엄청 긴장했어. 왕태자 전하의 앞에 한 번 섰다고 진이 다 빠지네."

원래 직접 뵐 일조차 없는 분이니 진이 빠질 만도 하다.

그런데 피네에 대한 귀족들의 반응은······?

"쟤 엄청 예쁘다."

"평민 출신인 거, 거짓말 아니야?"

"마법, 검술 모두 2등이라며? 그런 실력에 평민이라니 대단한데······."

드레스를 입고 우아하게 걷는 피네의 모습에 참석자들은 선망의 눈길을 보냈다. 칭찬을 늘어놓는 사람들도 많다.

아무튼 못된 소리를 하는 사람은 없는 것 같아서 다행이다.

"······."

"애쉬, 너 왜 그렇게 만족스러운 얼굴을 하고 있냐?"

"응? 내가 그랬어?"

“응. 아주 흡족한 표정으로 피네를 보고 있던걸.”

……내 표정이 그랬나. 조심해야겠다.

“왕립 마법 학교 2학년생, 피네 슈타우트. 학생은 종합 실력시험에서 우수한 성적을 거두었다. 왕국을 위해 앞으로 더욱 정진하도록.”

“네!”

엘제스가 슈마허 때와 같은 미소로 눈앞의 피네를 보고 있다.

……저렇게 가까이 있으면 엘제스의 태도나 표정에 변화가 나타날 줄 알았는데.

“종합실력시험 1위, 애쉬 레벤. 앞으로!”

드디어 내 차례군.

“그럼 다녀올게.”

“화이팅.”

“응.”

이안과 그런 대화를 주고받은 뒤, 나는 엘제스의 앞으로 향한다.

“……그 기사 4인방을 쓰러트린 녀석이다.”

“전 과목 탑이라니…….”

“쟤한테 반항하면 어떻게 될까…….”

주위의 반응은…… 결코 좋다고는 할 수 없는 것뿐이군.

새삼스러운 것도 없으니 상관없지만.

"왕립 마법 학교 2학년생, 애쉬 레벤. 학생은 종합실력 시험에서 가장 우수한 성적을 거두었다. 왕국을 위해 앞으로 더욱 정진하도록."

"네!"

그리고 엘제스의 앞에서 무릎을 꿇고 시종으로부터 훈장을 받은 뒤, 다시 고개 숙여 예를 표한다.

순간적으로 엘제스의 얼굴을 확인했지만, 그의 표정이나 태도에서는 여전히 변화가 보이지 않았다.

……기분 나쁜 놈.

그런 생각을 하면서 나는 이 야회의 메인 디쉬라고도 불리는 이벤트에 임한다.

"이어서 서훈식을 거행하겠습니다. 애쉬 레벤, 그리고 피네 슈타우트, 앞으로!"

내가 그 자리에서 다시 엘제스에게 무릎을 꿇자, 곧 피네도 내 옆으로 와서 똑같이 무릎을 꿇는다.

엘제스는 시종으로부터 임명장을 받고 엄숙한 목소리로 입을 열었다.

"왕립 마법 학교 2학년생, 애쉬 레벤과 피네 슈타우트. 그대들은 도둑맞은 왕가의 보물을 되찾아 주었다. 왕가는 그대들의 공적을 칭찬하며 두 사람에게 용사 훈장을 수여하고, 또한 애쉬 레벤에게는 자작의 작위를 내리노라."

엘제스가 우리에게 일어서라고 말했다. 용사 훈장과 자

작 작위를 나타내는 귀족의 배지가 들어 있는 상자를 든
두 명의 시종이 조심스러운 발걸음으로 걸어왔다.

시종들은 먼저 상자에 든 용사 훈장을 우리에게 건네고,
이어서 바이스 자작의 배지를 내 옷에 달아 주었다.

일련의 과정이 끝나자, 엘제스가 여전히 무엇을 생각하
는지 알 수 없는 기분 나쁜 미소를 띤 채 입을 열었다.

"이로써 그대들은 라크레시아 왕국이 자랑하는 당대의
영웅이 되었다. 앞으로도 국가와 국민을 위해 부디 그 힘
을 빌려주기를 바란다."

"네, 삼가 받들겠나이다."

이렇게 대답하긴 했지만, 앞으로 이 나라에서 평생을 사
느냐 마느냐는 다른 이야기이다.

엘제스로부터 불길한 기운이 느껴진다.

알베리히와는 또 다른, 정도를 모르는 천진난만한 어린
애 같은 기운이.

이 녀석과 같이 있으면 일찍 죽을 것 같다. 내기를 해도
좋다.

나는 엘제스의 기분 나쁜 미소를 필사적으로 참으면서
피네와 함께 행사가 끝나기만을 기다렸다.

"그런데, 지난번 결투에서 내 멍청한 동생과 약속한 게
있었지?"

그때, 엘제스가 방금 생각났다는 듯이 나에게 묻는다.

약속, 약속…… 아.

피네의 퇴학 처분을 취소하고 그녀에게 사과하라고 했었지.

약속을 받아냈을 때는 단순히 피네가 사과받았으면 하는 마음에서 요구했던 것이지만, 보검 클리어 소동 때문에 정신이 없어서 까맣게 잊고 있었다.

그런데 그 이야기를 지금 꺼내는 이유가 뭐지……?

"왕가의 인간이 결투에서 한 약속을 파기할 수야 없지. 늦었지만 이 자리에서 약속을 이행하겠다."

엘제스가 손뼉을 치자 단상 끝에서 종자가 소년 소녀들을 데리고 나타난다.

——그 결투 이래 처음 만나지만 틀림없이 그들이다.

거기에 있는 것은 손이 결박당한 바보 4인방과 엘리제였다.

대체 왜 이러는 거지……?

나는 알베리히 일행의 살기와 증오가 담긴 시선에 머리가 아팠지만, 일단 흐름에 몸을 맡기기로 했다.

"포승줄을 풀어라."

"네!"

바보 4인방과 엘리제의 갑작스러운 등장에 장내가 술렁이는 가운데, 엘제스가 종자에게 그들의 손을 묶은 밧줄을 풀라고 명령한다.

그러나 구속은 풀렸어도, 한 손에 채찍을 든 종자가 바로 옆에 붙어 있는 통에 알베리히 일행은 자유롭게 움직일 수 없다.

알베리히는 살기와 증오가 담긴 시선을 나에게 보내고 있었다.

"너희도 이야기는 들었겠지? 왕족과 귀족이 결투의 약속을 어기는 건 있을 수 없는 일이야. 지금 여기서 약속을 이행하도록."

엘제스는 노골적으로 도발하듯 사과하라고 명령했다.

"으으윽……."

바보 4인방은 우리에게 머리를 숙여야 한다는 것이 화가 나서 치를 떨면서 피가 날 정도로 주먹을 꽉 쥐고 있다.

……아무리 왕태자 엘제스의 명령이라도 저 녀석들이 순순히 사과하지는 않겠지.

이 살얼음판 같은 공기 속에 있기도 괴로우니 적당한 핑계를 대고 이 자리를 벗어나자.

이렇게 생각한 순간이었다.

"에, 엘리제……?"

"자, 잠깐! 저 녀석한테 가까이 갔다간——."

지금까지 인형처럼 말이 없던 알베리히의 외침을 무시한 채 엘리제가 갑자기 우리에게 다가왔다.

지금까지 엘리제가 했던 행동으로 보아 피네에게 무슨

위해를 가하는 것은 아닐까, 하는 생각에 순간 경계했지만, 그녀는 우리의 몇 걸음 앞에 멈춰 서더니——.

"거듭된 우행, 정말 죄송했습니다. 이 정도로 용서받을 수 있는 죄는 아니라는 건 알지만, 그래도 사과드립니다. 다시 한번 죄송합니다."

그녀는 바닥에 납작 엎드려 자신의 죄를 깨끗이 인정하면서 억양 없는 목소리로 사죄의 말을 늘어놓았다.

엘리제의 말을 듣고 처음 든 감정은 당혹감과 불안감이었다.

이 여자는 지금껏 교묘한 말로 바보 4인방을 조종하여 피네를 괴롭힌 전과가 있다.

거기다 바보이긴 하지만 이 나라 최고 권력자들의 아들 네 명을 자신의 역하렘에 끼워 넣은 것을 보면 물욕과 인정 욕구도 상당히 강할 것이다.

그런 사람이 이렇게 쉽게 자신의 죄를 인정하며 사과한다고?

……그건 그렇고 이 녀석, 상당히 이상한 냄새가 나는 향수를 쓰네. 마치 포션 같은…….

"엘리제는 사과했어. 너희도 약속대로 머리를 숙여야지."

"으, 으으윽……!"

엘제스가 바보 4인방에게 빨리 하라고 압력을 가했다.

알베리히 일행은 굴욕에 얼굴을 일그러뜨리고 피가 날

정도로 주먹을 꽉 쥐었지만, 아직 엎드려 있는 엘리제의 모습을 보고 마지못해 고개를 숙였다.

"잘…… 잘못했어……."

알베리히 일행은 억지로 목소리를 쥐어짜 우리에게 사과했다.

"후……."

야회의 마지막 이벤트인 댄스파티가 진행 중인 가운데 "화장실에 다녀오겠다"고 적당히 핑계를 만들어 인파 속을 빠져나온 나는 혼자 발코니에서 깊은 한숨을 내쉬고 있었다.

답답한 공간에서 탈출해 신선한 공기를 들이마시자 겨우 숨통이 트이는 기분이다.

——사과를 마친 알베리히와 엘리제는 다시 종자들에 의해 어딘가로 끌려갔다.

대강당을 나가기 직전, 알베리히는 우리 쪽을 돌아보면서 이렇게 외쳤다.

『기억해라, 애쉬 레벤! 너희의 그 비열함과 악행을 반드시 폭로할 거다!』

명백한 패배자의 울부짖음이었다. 들어줄 가치도 없는 소리다. 엘제스조차 그 말에 웃음을 터트리며 그 자리를 떠났을 정도다.

이제 나는 '그 쓰레기 같은 자식이 머리를 숙였다!' 하고 후련함을 느끼기만 하면 되건만……. 그런 모욕을 줬으니 이상한 억측을 하는 놈들도 반드시 나타나겠지.

아아, 위가 쑤신다.

"——애쉬 님."

"우왓?! 피, 피네?"

상념에 잠겨 있는데 갑자기 피네가 말을 걸었다.

"이안하고 같이 있는 거 아니었어?"

"애쉬 님이 표정이 마음에 걸려서요……."

이번에도 생각이 표정에 그대로 드러나 버린 모양이다.

"무슨 고민을 하고 계세요?"

"이 복마전에서 어떻게 해야 탈출할 수 있을까."

"아하……. 저도 이곳에 오래 있고 싶지는 않아요……."

피네는 씁쓸하게 웃으면서 동의했다.

그렇지, 마침 주위에 사람도 없으니, 엘리제의 일련의 행동에 대해 피네의 생각을 들어봐야겠다.

"피네. 아까 그 엘리제의 행동에 대해 어떻게 생각해? 뭐든 느낀 걸 말해봐."

"엘리제요? ……무감정이랄까, 마모되었다고 할까. 심신이 모두 극도로 약해진 인상이었어요. 애쉬 님과 만나기 전의 저처럼요."

……심신이 극도로 약해져 있다. 그것도 그때의 피네 만

큼이나?

만약 무슨 일을 당했다고 한다면, 엘제스에게 끌려간 이후일 텐데…….

"……?"

그때 문득 살기 같은 것이 느껴져 발코니에서 학교 부지 전체가 보이는 장소로 이동한 나는, 교정 구석에서 빛이 발생, 아니 발사되는 것을 목격했다.

그것은 엄청난 속도로 대강당 위쪽을 향해 날아가더니 건물과 충돌하는 순간, 강렬한 섬광을 내며 폭발했다.

"엎드려!"

"꺅!"

갑작스러운 기습에 야회 참석자들과 사용인들이 혼란에 빠진 가운데, 일부는 각자의 특기인 지팡이와 무기를 들고 파티장을 둘러쌌다.

그 중 한 사람, 묘한 위엄이 있는 중년의 남자가 검을 들고 단상에 올라가더니, 혼비백산한 귀족들을 차가운 눈으로 내려다보면서 입을 연다.

"우리는 공화국 해방전선이다! 라크레시아 왕국에 고한다. 귀공들은 즉시 우리에 대한 적대 행위를 중단하고 민족 해방을 위한 성전에 협력하라! 그렇지 않으면 이 자리에 있는 사람들을 전부 처형하겠다!"

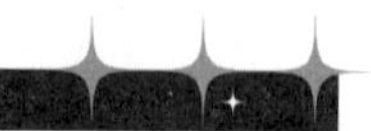

공화국 해방전선.

《인연야회》에서는 서브 이벤트에서 간접적으로만 언급되는 세력이지만, 이 라크레시아 왕국에서 살다 보면 한 번은 듣는 이름이다. 혁명 후 무정부 상태가 되자 다양한 군벌이 대두하여 내란에 빠진 바스키아 공화국의 세력 중 하나로, 인근 국가들에서도 성전이라는 이름으로 흉악한 테러를 일으키고 있는 테러리스트 집단이다.

그렇지만 라크레시아 왕국에서는 변방에서 테러 정도만 일삼을 뿐, 많은 병사가 주둔해 있는 도시, 더구나 수도로 직접 들어오는 일은 지금껏 한 번도 없었다.

그런데 어째서 이런 일이…….

"우리에게는 공화주의의 이름으로 바스키아의 인민을 비열한 옛 귀족들과 거상들의 지배로부터 해방하는 숭고한 사명, 아니 천명이 있다——."

파티장에서는 공화국 해방전선이 야회장을 점거한 뒤, 가면을 쓰고 기다란 로브를 입은 집단이 우르르 들어왔고, 그들을 이끄는 리더인 중년의 남자가 단상에서 자신의 행위를 정당화하듯 열변을 토했다.

"아, 저, 우리는 어떻게 해야……?"

“…….”

조금 전 공격에 대강당의 최상부는 파괴되었는데, 우리는 그때 발생한 연기 덕분에 공화국 해방전선의 눈으로부터도, 발밑에 있는 무기를 든 놈들의 눈으로부터도 숨을 수 있었다.

이런 생각을 하면서 주위를 둘러보다가 불이 켜지지 않은 위층 방이 시야에 들어왔다.

음, 저기라면 피네를 안고 점프해서 이동할 수 있겠어.

“애쉬 님, 설마 이 상황에서 탈출할 방법이 있나요?”

“응. 그래서 말인데 피네, 잠깐 실례할게.”

“네? 으아아앗?!”

나는 피네를 번쩍 안고 힘차게 내달려 발코니에서 점프한 뒤, 그대로 한 층 위에 있는 방의 유리창을 깨고 안으로 들어갔다.

예상대로 창고였다. 안에 그 테러리스트는 없다. 밖에 있는 놈들도 눈치채지 못한 듯하다.

“콜록, 콜록, 콜록.”

“미안. 상황이 상황인지라.”

“아, 아니에요, 괜찮아요. ……공주님처럼 안겨서 왔는걸요.”

“뭐?”

“아, 아니에요! 그보다, 이제 어떻게 하실 거죠?”

“음……..”

이 방에는 보존식이 어느 정도 비축되어 있고, 물은 마법으로 조달할 수 있다. 기사단이 구하러 올 때까지 이 안에서 버텨도 될 것 같긴 하지만.

“꼬마가 한 명 도망쳤다!”

“기사단이 있는 곳으로 달아나기 전에 잡아! 죽여서라도 저지하지 않으면 총대장님이…….”

꼬마……?

“피네, 또 미안한데…….”

“구하고 싶으시죠? 물론 저도 돕겠어요.”

“고마워. 그러면 이 막대기에 가호를 걸고, 문을 열면 밝은 빛의 구체로 놈들의 시야를 가려.”

“알겠어요.”

나는 성마법으로 코팅된 나무 막대기를 들고 문을 벌컥 연다.

“여기에도 웬 놈이 숨어 있다!”

“잡아라—— 누, 눈이?!”

가면과 긴 로브를 입은 두 명의 테러리스트는 우리가 복도로 튀어나오자 크게 당황했다. 그리고 이어서 피네가 쏜 성마법에 시야를 빼앗겨 혼란에 빠졌다.

“얍!”

“이얏!”

테러리스트들은 검을 마구잡이로 휘둘렀다. 나는 검을 막대기로 막아내고, 가면으로 덮인 턱을 걷어차서 쓰러뜨린 뒤 손날치기로 기절시켰다.

이어서 그들을 눌러 제압하고, 무기를 빼앗아 창고 안으로 던졌다.

다른 적의 모습은 없다. 다음은…….

"너 괜찮아?"

"아, 응……. 난 괜찮아."

내가 말을 걸자, 누가 봐도 손질되지 않은 부스스한 머리와 흐트러진 교복 차림의 소녀가 숨을 몰아쉬면서 일어났다.

……어? 이 복장에 이 목소리는 설마?

"네 덕분에 목숨을 구할 줄은 몰랐는걸, 애쉬 레벤."

"사, 사라사……?"

내가 구한 꼬마는 학교의 이단아, 사라사 엔포서였다.

"이제 됐다."

일단 창고에 있던 밧줄로 테러리스트들을 결박한 뒤, 다시 사라사를 돌아본다.

"화장실에서 나온 순간 테러리스트가 습격할 줄은 몰랐지. 나도 이건 예상하지 못했어."

사라사가 피네의 성마법으로 치료받으면서 지친 기색으

로 말했다.

화장실에 간 사이에 테러리스트가 습격하는 중2병의 망상 같은 일이 현실에서 일어나리라고는 보통 예상 못 하지, 암.

"이 녀석들이 날 습격한 테러리스트란 말이지?"

"야! 위험해!"

"이놈들은 네 결박을 풀 수 없을 테니까 걱정할 것 없어. 그리고 난 웬만한 마법은 무력화할 수 있거든."

성마법으로 기운을 되찾은 사라사가 아직 기절해 있는 테러리스트들의 가면을 향해 손을 뻗는다.

"호오, 꽤 어린걸."

가면을 벗기자, 생각보다 훨씬 어린…… 적어도 나보다 서너 살은 아래로 보이는 얼굴이 나왔다.

"가면과 로브는 어른처럼 보이게 위장하는 도구였군."

공화국 해방전선은 먹을 것이 없어서 버려졌거나, 마을에서 납치된 아이들을 훈련시켜 전력으로 쓴다고 들었다.

정말이지 역겨운 이야기다.

"그게 전부가 아닐 거예요."

이런 생각을 하고 있는데 피네가 입을 연다.

"무슨 말이야?"

"단순히 체격을 감추기 위해서 썼다기에는 깃든 마력이 너무 많아요……."

“쟤 말이 맞아. 이 가면과 로브는 신체 능력을 끌어올리는 술식이 부여된 마도구야.”

이어서 사라사가 피네의 말에 동의하면서 감식 결과를 말했다.

“마도구라고?”

“응. 마력 결정에서 원격으로 마력을 공급하는 방식이야. 그래서 기사 못지않은 힘을 낼 수 있었던 거지.”

원격으로 마력을 제공받는다……? 그렇다면!

“사라사, 그게 어디 있는지 추적할 수 있겠어?”

“식은 죽 먹기지. 부수려고?”

“아니, 거기에 마력을 때려 박아서 ‘마력 중독’을 유발할 거야.”

이 세계의 사람들은 감당할 수 없는 마력을 흡수하면 강한 두통과 구토감, 균형 감각 소실 등 이상을 겪는다. 이것을 ‘마력 중독’이라고 부르는데, 주로 마도구를 만질 때 일어나는 사고다.

“너 정도의 마력을 가진 사람이 술식에 개입하면 가능할 수도 있겠네. ……추적 마법으로 위치를 알았어. 대강당 단상 부근을 찾아봐.”

일이 잘 풀리면 한꺼번에 쓰러트릴 수 있을 거다.

그러나 상대는 테러리스트. 어떻게 나올지 알 수 없다. 일단은 나 혼자서──.

“애쉬 님, 혼자 할 생각이죠?”

“아, 아니? 아닌데……?”

“저도 같이 가요. 혼자보다 둘이 더 안전해요.”

피네의 표정은 의지가 확고했다.

설득은 안 먹히겠는걸…….

“알았어. 단, 절대 무모한 행동은 하지 마.”

“네, 그럼——.”

“잠깐. 설마 날 혼자 여기 둘 생각이야?”

그때 사라사가 끼어든다.

“설마 너도 가려고?”

“난 싸울 줄 몰라. 만일 테러리스트한테 잡히면 능욕당하다가 죽을 거라고. 그럴 바에는 너희를 따라다니는 게 낫지. 내가 마법으로 돕는 게 너희도 더 도움이 될걸.”

하긴 누가 올지 모르는 곳에 사라사를 혼자 두고 가는 건 좀 그렇다. 그리고 싸울 줄은 몰라도, 그녀 말대로 마법 실력은 있으니 도움이 될지도 모른다.

“……알았어. 너도 무모한 짓은 하지 마.”

“물론이지.”

사라사가 미소를 지으며 고개를 끄덕인다.

……불안하지만 지금은 어쩔 수 없다.

나는 테러리스트에게서 빼앗은 검을 집어 들고 한숨을 푹 내쉬었다.

"그럼 가자."

나는 조심스럽게 문을 열었다.

"이봐, 지금 저쪽에 누가 있지 않았어?"

"아니? 기분 탓 아니야?"

"그런가?"

테러리스트들이 이렇게 말하며 우리에게서 멀어져 간다.

그것을 확인한 나는 피네와 사라사에게 신호를 보낸 뒤 문을 열었다. 그리고 귀빈들이 사용하는 대강당 박스석을 향해 달렸다.

"피네, 사라사, 괜찮아?"

재빨리 커튼을 닫고, 이어서 조심스럽게 문을 잠근 나는 작은 목소리로 두 사람의 상태를 확인했다.

"전 괜찮아요. 그런데……."

"주, 죽을 것 같아……! 이 긴 통로를 전력으로 질주하다니! 나, 날 죽일 셈이야……?!"

사라사가 헉헉대면서 벽에 기대어 있었다.

적과의 전투에서 시간과 체력을 낭비하지 않도록 중간 중간 멈춰서 잠깐씩 쉬기도 했고, 피네의 성마법으로 신체 강화가 되어 있어서 그렇게까지 피곤하지는 않을 텐데…….

"잠깐만 기다리세요. 곧 편하게 해드릴게요."

"오오……! 피로가 사라진다……!"

피네가 피로 회복 마법을 쓰자 사라사는 기운을 차린다.

"어때요?"

"우와, 인체에 이런 작용을 하는 마법이 있는 줄은 몰랐는걸. 고문서에 기록된 신들의 시대의 마법에도 이렇게까지 효과적인 건 없었어. 야, 그 마법 좀 조사하게 해주라. 피해는 끼치지 않을게."

"아, 그게……."

사라사가 마법을 연구하게 해달라고 조르자 피네가 난처한 눈빛으로 나를 쳐다보았다.

"잠깐. 그런 얘기는 무사히 탈출한 다음에 해."

"음, 그렇지. 그러면 빨리 그 테러리스트들을 쓰러뜨리자고!"

"응, 맡겨둬!"

사라사는 이렇게 말하고, 마법을 발동할 준비를 하기 시작했다.

"……저기, 감사합니다."

"감사 인사를 받을 일은 아니야. 그보다……."

나는 커튼을 살짝 열고 파티장의 상황을 확인한다.

"야! 꾸물대지 말고 이 녀석들을 빨리 거점으로 이송시켜! 밥은 공짜로 먹여주고 있는 줄 알아, 응?!"

단상에서 범행 성명문을 낭독했던 남자가 왕자가 앉았던 의자에서 부하들이 가지고 온 파티용 음식을 집어 먹으며 재촉했다.

그런 남자의 지시에 부하, 아니 납치되어 온 아이들이 겁먹은 기색으로 파티 참석자들을 결박했다.

"너무해……."

그것을 보고 피네가 얼굴을 찡그렸다.

하긴 저런 광경을 보고도 불쾌한 생각이 들지 않는 사람은 별로 없을 것이다.

그래도 저 경솔한 태도 덕에 정보를 얻을 수 있었다.

하나는 저 남자가 이 테러 그룹의 리더 혹은 지휘관인 점. 다른 하나는 수하들이 충성심이 아니라 공포로 움직이는 집단이라는 점이다. 결속력이 별로 없다.

더구나 놈들은 반격은 예상조차 하지 않았는지 대비가 보이지 않았다.

"역시 마력 결정은 단상 근처에 있어."

그때, 사라사가 추적 결과를 알려줬다.

지금 단상에는 리더 녀석뿐이다. 즉 내가 공격할 상대는——.

"사라사, 놈들을 놀라게 해서 겁먹게 할 수 있는 마법 없어?"

"굳이? 그냥 한꺼번에 날려 버리는 게 편하지 않아?"

"피해는 줄일 수 있으면 줄여야지."

"그렇다면야."

“고마워. 피네, 사라사가 작열 마법을 쓰면 내가 내려가서 놈을 습격할 거야. 가호를 걸어줘.”

“네!”

내가 이렇게 말하자, 피네가 즉시 나에게 성마법으로 가호를 건다.

“사라사, 내가 신호하면 단상에 작열 마법을 쏴.”

“응, 맡겨둬.”

다시 커튼을 살짝 열고 파티장을 보니, 수하 하나가 놈이 비운 접시를 들고 어딘가로 가고 있었다.

지금이다.

“사라사, 부탁해.”

“알았어.”

사라사가 커튼 틈으로 파티장을 향해 마법 지팡이를 내밀고 단숨에 마법을 쏘았다.

“뭐, 뭐야?!”

다음 순간, ‘펑펑’ 하는 통쾌한 소리와 함께 단상 부근의 바닥과 구조물들이 파괴되고, 남자는 혼란에 빠졌다.

──지금이야! 나는 커튼을 젖히고 단숨에 파티장을 향해 뛰어내려 남자의 머리를 바닥에 처박았다.

“큭……, 이, 이 자식, 감히 내 얼굴을 더럽히다니……!”

놈은 비틀거리며 일어나더니 품에서 보라색 결정을 꺼내 높이 처들었다.

"뭘 보고만 있어! 이 새끼 죽여 버려! 지금 공격당한 거 안 보여? 또 '반성'하고 싶어?!"

그러자 가면을 쓴 부하들이 벌벌 떨면서 저마다 무기를 손에 들었다.

표정은 안 보이지만, 역시 반응으로 보아 원해서 따르는 건 아닌 것 같다.

그들은 공포심에서 나를 죽이려고 달려들었다.

"——그렇겐 안 돼!"

그러나 아이들은 갑자기 나타난 빛의 장벽에 가로막혀 더는 접근하지 못했다.

"땡큐, 피네. 덕분에 살았어."

"애쉬 님만 고생시킬 순 없죠."

이어서 단상으로 내려온 피네에게 고맙다고 말하고, 나는 남자를 쳐다봤다.

"제길! 이런 놈들이 있다는 얘기는 못 들었는데!"

놈은 당황해서 우리에게 등을 돌리고 달아나려고 했다.

'마음껏 공격해 달라는 거야 뭐야.'

"끄헉?!"

나는 이런 생각을 하면서 단숨에 남자에게 달려가 그 손에서 마력 결정을 빼앗고, 거의 동시에 발차기를 날려 쓰러뜨린다.

이제 이 녀석에게 전력으로 마력을 주입하면.

“으악……!”

“크헉……?!”

고개를 돌리자, 피네가 성마법으로 제압했던 아이들이 차례차례 쓰러지고 있다. 마력 중독이 무사히 발생한 모양이다.

“네 수하들은 모두 무력화되었어. 항복할 거면 지금이 좋아.”

입 안을 다쳤는지 피를 흘리고 있는 남자에게 칼끝을 겨누고 항복을 권고했다.

“큭…… 아니, 아직이야. 난 아직 지지 않았어……!”

“아니, 상황을 봐. 너 말고 또 싸울 수 있는 녀석은——.”

“아니, 아직 여기 있다!”

남자가 품에서 마법진 같은 것이 그려진 종이를 꺼내더니 거기에 자기 피를 떨어뜨렸다.

그러자 종이에서 방대한 마력이 뿜어져 나오더니 공중에서 사람의 형상으로 바뀌었다.

“이게 대체……?”

“하하, 으하하하하! 이제 포로는 필요 없어! 동지에게 받은 ‘악마’로 네놈들을 몰살시키겠다!”

남자가 광적으로 웃으며 고래고래 소리를 지르는 가운데, 변신을 마친 ‘악마’가 조용히 고도를 낮추고 우리를 내려다본다.

지상에서 약 2m 높이에 부유 중인 악마는 불그스름한 피부, 두 개의 뿔이 난 스킨헤드, 벌거벗은 상반신, 검은 부츠를 신은 하반신, 쇠구슬이 달린 팔, 그리고 외눈을 가진 괴물이었다.

뭐야, 이건? 《인연야회》에 이런 적 캐릭터는 없었는데?

"아, 악마……?!"

"테러리스트가 어떻게 저걸 소환하는 방법을 알고 있는 거지?!"

"히, 히이이이이익?! 누, 누가! 누가 좀 살려줘!"

인질로 잡힌 귀족들이 아비규환의 비명을 지르는 가운데, 나는 예상치 못한 존재의 등장에 피네를 보호하며 경계했다. 그러자 소환된 악마가 우리가 아니라 아직 바닥에 쓰러져 있는 남자 쪽으로 시선을 돌렸다.

"……날 소환한 게 너인가?"

"그래! 내가 널 소환했다!"

"그렇군. 뭘 원하지?"

"저, 저놈들을 죽여! 날 방해하는 놈들과 아무짝에도 쓸모없는 꼬맹이들, 내 모습을 본 왕국의 돼지들! 날 방해하는 놈들은 모조리 죽여 버려!"

"널 방해한 자들을 모조리 죽여라? 좋다, 이 '마인 오로크'가 네 소원을 들어주마."

마인 오로크라고 밝힌 악마가 이렇게 대답하자 남자는

입꼬리를 올리고 우리를 가리킨다.

"으하하하! 이젠 용서를 구해도 늦었어! 나를 방해하는 것들은 모조리 죽여——."

"그러면 우선 너부터 죽여주지."

"——엥?"

리더가 우리를 향해 욕하던 도중 마인 오로크의 왼팔에 달린 쇠구슬에 하반신이 뭉개졌다.

"크아악?! 자 잠깐! 널 소환한 건 나야! 그리고 네가 죽일 사람은 내가 아니라 나를 방해하는 저놈들——."

"네 몸과 정신은 돌이킬 수 없을 만큼 쇠약하고 타락해서 너의 길을 방해하는 최대의 장애가 되었다. 그래서 제일 먼저 죽이기로 했다. 그리고 나와 널 이어주는 것은 계약뿐이다. 내가 진심으로 충성을 맹세하는 것은 오로지 마왕님뿐이다."

마인 오로크는 이렇게 말한 뒤, 이번에는 오른팔을 휘둘러 남자를 핏빛으로 물들였다.

《인연야회》의 서브 시나리오에도 있었지만, 악마와 소환 계약을 맺을 때는 이성적으로 자신의 요구를 정확히 전달해야 한다.

악마는 이렇듯 조금만 틈이 있어도, 자신을 소환한 자를 죽이고 멋대로 날뛰기 시작하기 때문이다.

"다음은 너다, 애송이."

다음으로 오로크는 이쪽으로 고개를 돌리더니, 순식간에 도약해서 나를 쇠구슬로 짓뭉개려고 했다.

나는 황급히 검으로 방어했다.

"으윽?! 무슨 힘이 이렇게 세⋯⋯?!"

오로크의 공격에 검이 부러지려고 했다. 내 손도 얼얼해졌다.

"저자의 피에서 기억을 읽고 네가 여기서 가장 강한 사람이라는 걸 알았지."

오로크는 이렇게 말하고, 다시 공격 태세를 보인다.

⋯⋯놈은 비밀 영역의 최종 보스나 그 이상의 힘을 가진 적이다. 이대로는 얼마 못 가 저 남자처럼 바닥의 얼룩이 될 것이다.

나는 바람 마법과 물 마법을 사용해 방 안에 소규모의 폭풍우를 발생시켜 오로크를 향해 번개를 쏘았다.

"집중 공격!"

이어서 피네를 보고 이렇게 외쳤다. 그녀는 말없이 고개를 끄덕이고, '플라잉 스타 샷' 때 선보였던 공격을 발사했다.

강력한 마법이 동시에 발사되자 모래 먼지가 일어나 파티장을 뒤덮어 오로크의 모습을 가렸다.

⋯⋯해치웠나?

이만한 공격이면 적어도 무사하지는 못할 텐데.

이렇게 생각하면서, 이미 못쓰게 된 줄 알면서도 검을

들고 마법의 착탄 지점으로 다가가려고 했을 때.

"살짝 모자랐어, 애송이."

오로크의 목소리가 들리는 동시에 머리 위에서 쇠구슬이 나타나 나를 향해 내리꽂혔다.

상처가 없지는 않았으나, 오로크의 몸은 아직 건재했다.

"으, 으윽……!"

나는 다시 오로크의 공격을 검으로 막았으나, 이미 한계였던 검이 맥없이 박살 나고 말았다. 나는 반사적으로 바람 마법을 꺼내 대응했다.

"그 손을 먼저 어떻게 해야겠군."

오로크의 등에서 팔 한 쌍이 돋아나더니, 내 팔을 움켜쥐었다.

"크윽……."

"네가 우는 게 먼저일지 그 팔이 부서지는 게 먼저일지, 확인해 볼까?"

"……할 수 있다면 해봐라!"

나는 온 힘을 다해 오로크의 몸통을 걷어차고, 내 팔을 움켜쥔 힘이 약해진 틈을 타서 놈에게서 벗어나 공중으로 달아났다.

"크, 크흐흐흐! 재미있군, 그렇게 나와야지!"

나는 벽 점프와 마법 공격으로 팔에서 벗어나려 하지만, 아무리 없애도 줄어들 줄 모르는 무수한 팔에 붙잡혀 사지를 구속당한 채 바닥에 내동댕이쳐졌다.

"크큭, 정말 재미있었어. 자, 이제 널 어떻게 요리할지 정해야겠군."

"으으……."

……이미 팔다리에 감각이 없다. 몸에 힘도 들어가지 않는다. 여기까지인가?

이럴 줄 알았으면 피네만이라도 탈출시킬걸.

이런 뒤늦은 후회와 함께 정신이 아득해진다.

"——애쉬 님?!"

"크악?!"

피네가 내 이름을 부르짖었다.

그와 동시에 하늘에서 빛이 비처럼 쏟아지더니, 오로크의 몸이 불타서 하얀 연기를 피웠다.

한편, 부러졌던 내 팔은 빠르게 회복되고, 온몸의 극심한 통증도 육체의 피로도 씻은 듯이 사라졌다.

무엇이 어떤 원리로 이런 현상을 일으키고 있는 것인지 하나도 이해할 수 없었다.

유일하게 내 머릿속에 있는 것은 지금이 놈을 쓰러뜨릴 기회라는 것.

"이얍!"

나는 칼날이 밑동만 남은 검을 오로크의 머리를 향해 던졌다.

“그 여자가 아닌 인간이 이 정도로 여신의 힘을 쓸 줄 알다니…….”

이마에 검이 박힌 오로크가 마지막으로 이렇게 중얼거렸다. 놈의 몸이 잿더미로 변하자 빛의 비도 잦아들었다.

그것을 보고 나는 긴장의 끈이 풀렸는지 휘청해서 그 자리에 쓰러질 뻔했지만, 뒤에서 누군가가 부드럽게 나를 부축해 주었다.

고개를 돌리자 당장에라도 울음을 터트릴 것 같은 피네의 얼굴이 있었다.

“……괜찮으세요?”

“응. 고마워, 피네.”

나는 피네의 부축을 받으면서 천천히 그 자리에 앉아 숨을 뱉는다.

“됐어, 다 끝났어.”

“……네, 정말 수고하셨어요.”

그리고 나는 하늘을 올려다본다.

전투로 무너진 대강당의 천장에서 부드러운 달빛이 우리를 비추고 있었다.

“애쉬 레벤. 우리가 인질로 잡혔으면 라크레시아 왕국은 중대한 손실을 보았을 것이다. 너의 용감한 행동에 진심으로 감사한다.”

“하하하…… 뭘요. 제가 혼자 한 일도 아닌걸요.”

“그렇지. 이 공로는 테러리스트에게 굴하지 않은 우리 모두의 전과다!”

마력 중독에 의해 의식을 잃은 사이에 꽁꽁 묶인 테러리스트들이 기사단에 의해 연행되는 모습을 지켜보고 있는데, 야회의 초대 손님이자 상급 귀족인 듯한 뚱뚱한 노인이 다소 거만한 투로 말을 걸었다.

더 이상 귀찮은 일에 휘말리고 싶지 않다. 이런 생각에 얼른 화제를 돌리자, 노인은 신이 나서 “이건 우리의 전과다”라고 떠들면서 저쪽으로 떠났다.

……저 할아범, 내내 구석에서 머리를 감싸 안고 “이게 도대체 무슨 일이야!” 하고 히스테리만 부렸으면서 잘도 저런 뻔뻔스러운 말을.

뚱뚱한 노인이 떠나는 것을 지켜본 뒤 한숨을 푹 내쉬고 있는데 피네가 불안한 표정으로 나에게 달려왔다.

“애쉬 님, 무슨 일이에요?”

"그냥, 높은 사람을 상대하는 건 참 피곤한 일이구나 싶어서. 그보다 피네 넌 괜찮아?"

"전 괜찮아요. 다친 사람들을 마법으로 치료하는 게 다인걸요."

말은 이렇게 하지만, 피네는 피곤한 얼굴이었다.

지금까지 중상을 입은 사람들을 성마법으로 치료하고 있었으니 그럴 만도 하지만.

"이제 와서 말이지만, 기사단도 구호대와 포션이 있으니까, 직접 그들을 치료할 필요는 없었는데."

"……하지만 눈앞에서 괴로워하는 사람을 모른척할 순 없어요."

"그래."

과연 개발자가 "여성향 게임의 정통파 히로인을 만들고 싶었다"고 말할 만한 주인공의 자세다.

나처럼 머릿속에 주먹질과 발길질만 들어 있는 사람하고는 천지차이다.

"야회는 중지됐고, 내일은 임시 휴교야. 학생들은 모두 기사단이 경호하는 기숙사에서 자래. 이안도 기숙사로 돌아갔어. 너한테 안부 전해달래."

"그래요……?"

피네는 주위를 확인하더니 한 박자 늦게 "알았어요"라고 말했다.

하지만 아직 표정이 어두운 것이 아무래도 몸이 좋아 보이지 않는다.

"마력을 너무 써서 지친 거야?"

"아, 아니요! 그냥, 그 아이들이 어떻게 되었는지 걱정이 돼서……."

"아아……."

테러 조직에 이용당한 거긴 하지만 왕족이 참석한 파티를 습격했으니, 그들에게는 어떤 처벌이 내려질 것이다.

그렇지만 어떻게 할 수 있는 일은 아니다.

"이번 일로 우리는 높은 사람들의 은인이 되었어. 그들에게 정상 참작을 호소하면 어떻게든 될 거야."

"그러면 다행이지만……."

그래도 피네는 여전히 어두운 표정이다.

…….

"피네, 잠깐 뛰어오를 거니까 혀 깨물지 않게 조심해."

"네?! 자, 잠깐만요——."

나는 피네를 공주님처럼 안고, 그대로 대강당의 외벽을 밟고서 아무도 없는 옥상으로 이동했다.

테러리스트들을 전부 연행한 후 기사의 숫자가 줄어서 우리의 존재를 알아채는 사람은 없었다.

이 정도면 다소 과감한 동작을 해도 누군가에게 들킬 염려는 없을 것이다.

“아, 저기, 애쉬 님……?”

“피네, 야회의 마지막 순서는 댄스파티라고 했잖아.”

“네, 네. 그렇게 들었어요.”

“아, 저기, 그러니까, 이미 한밤중이고 사람들도 없지만 여기가 오늘 학교에서 가장 눈에 띄는 장소인 건 변함없어. 그러니까——.”

여기까지 말하고 나서야 자신이 엄청나게 부끄러운 말을 하려고 한다는 것을 깨닫고, 끓어오르는 듯한 심정으로 필사적으로 다음 말을 쥐어 짜낸다.

“……그러니까 말이야. 여기서 댄스파티를 하자. 모처럼 입은 드레스잖아?”

내가 어색한 동작으로 피네에게 오른손을 내밀자, 피네는 잠시 넋이 나간 듯 눈을 깜빡거리더니 이내 빙그레 웃으며 내 오른손을 잡았다.

“……애쉬 님은 정말 다정하세요. 그럼 잘 부탁해요.”

우리는 그 부드러운 달빛을 배경으로 춤췄다.

BGM도 없고, 서로 서툴러서 댄스는 엉망이었지만 신분이나 학교, 앞으로의 일 등 귀찮은 것들에서 해방되어 자유롭게 밤하늘을 춤췄다.

※ ※ ※

"빌어먹을! 도대체 왜 내가 이런 더러운 곳을 걸어야 하는데!"

라크레시아 왕국 제2왕자인 나, 알베리히 아 라크레시아는 유진 등 나머지 3명 그리고 사랑스러운 엘리제와 함께 더러운 지하 수로를 걷고 있었다.

엘리제는 의식이 몽롱해서 혼자 걸을 수가 없다. 그래서 내가 그녀를 부축 중인데, 그 때문에 속도가 나질 않았다.

"여러분, 엘리제 양은 우리가 데리고 갈 테니 무리하지 않아도 됩니다."

"너희에게 엘리제를 맡길 것 같아? 공화국 해방전선 같은 테러리스트는 아닌 것 같지만, 형님의 종자를 가장한 정체 모를 놈들인 건 마찬가지인데!"

우리와 엘리제는 테러리스트들이 강당을 습격해서 혼란이 일었을 때, 형님의 종자인 척하고 잠복해 있던 이자들에 의해 이 지하수로로 끌려왔다. 그리고 그들은 그곳에서 대기하고 있던 동료와 합류해서 우리를 '안전한 곳'으로 이동시키고 있었다.

그들은 그 테러리스트들과 다르게 나를 전하라고 부르며 존중하고는 있다. 그렇다고 해서 믿을 만한 아군은 절대 아니지만.

"그만 자백하지 그래? 너희가 누구이고 날 어떻게 할 셈인지!"

"……흠, 그 정도는 말해도 괜찮을 것 같군요."

놈들의 우두머리로 보이는 검은 후드를 쓴 모험가 차림의 남자가 이쪽으로 고개를 돌려 얼굴을 드러낸 채 입을 연다.

"우리는 '루벤 바스키아 동맹군'입니다. 전하에게 닥친 불행을 누구보다 동정하고, 라크레시아 왕국이 엘리제 링슈타트에게 가한 고문에 분노하며, 엘리제 양에게 닥친 불행을 해결할 방법을 알고 있죠."

후기

《뒷골목에서 주운 소녀가 배드 엔딩 후 여성향 게임의 히로인이었던 건》을 구매해 주셔서 감사합니다.

작가인 카보챠마스크입니다.

먼저 이렇게 하나의 문고본으로 완성하여 여러분의 손에 전달할 수 있게 되어 안심감을 느끼고 있습니다.

누구와도 맺어지지 못한 채 날개가 부러진 전 히로인이 남주인공과 때로 꽁냥거리면서 온갖 위기를 극복한 후 다시 히로인으로서 날갯짓하는…… 그런 이번 작품을 즐겨 주시면 좋겠습니다.

이 작품을 집필하게 된 경위는 어떤 연애 게임을 플레이했을 때, CG 회수를 위해 노멀 엔딩을 보고 "누구와도 맺어지지 않은 채 엔딩을 맞이한 주인공은 어떨까?" "배드 엔딩 후에 남주인공을 만나면 히로인에게는 어떤 변화가 일어날까?"라는 공상을 한 것이 시작이었습니다.

결국 망상으로만 끝내지 못하고 직접 집필해서 웹에 올렸는데, 많은 독자로부터 응원을 받고 더 나아가 이렇게 출판 제의까지 받게 될 줄은 상상조차 하지 못했습니다.

웹판으로 본작에 대한 감상을 보내 주시고 평가해 주신 독자 여러분, 서적을 제작하고 판매해 주신 여러분께 무한

한 감사를 드립니다. 정말로, 정말로 감사합니다.

본작은 이야기의 대부분이 웹판과 동일하지만, 이벤트나 애쉬와 피네의 관계 변화 등은 다듬었습니다.

웹판과 비교해서 읽어 보는 것도 재미있을지 모릅니다.

그러면 마지막으로, 출판에는 까막눈인 저와 수없이 의견을 교환하며 완성으로 이끌어 주신 담당 편집자 S님.

캐릭터에 매력적인 외형을 입혀 주신 일러스트레이터 헤이로 님.

본작을 출판해 주신 스니커 문고, 그리고 모든 출판 관계자 여러분.

그리고 현재도 웹에 투고 중인 본 작품을 응원해 주고 계시는 독자 여러분께 진심으로 감사드립니다.

ROJIURA DE HIROTTA ONNANOKO GA BADEND GO NO OTOMEGAME NO
HEROINE DATTA KEN Vol.1
©Kabochamasuku, Heiro 2024
First published in Japan in 2024 by KADOKAWA CORPORATION, Tokyo.
Korean translation rights arranged with KADOKAWA CORPORATION, Tokyo.

뒷골목에서 주운 소녀가 배드 엔딩 후 여성향 게임의 히로인이었던 건 1

2025년 9월 15일 1판 1쇄 발행

저　　　자 카보챠마스크
일 러 스 트 헤이로
옮 긴 이 김진희
발 행 인 유재옥
이　　　사 조병권
편 집 2 팀 정영길 박치우 조찬희
편 집 3 팀 오준영 권진영 이소의 정지원
디자인랩팀 김보라 전세연
디지털사업팀 김지연 윤희진 장혜원
라이츠사업팀 김정미 유아현 이지현
영업마케팅팀 최원석 윤아림
물 류 팀 백철기
경영지원팀 최정연
인쇄제작처 ㈜코리아피엔피
발 행 처 ㈜소미미디어
등　　　록 제2015-000008호
주　　　소 서울시 마포구 토정로222, 502호 (신수동, 한국출판콘텐츠센터)
판매 및 마케팅 (070) 8822-2301

ISBN 979-11-384-8773-3
ISBN 979-11-384-8772-6 (세트)